SANG DE MONSTRE III

DANS LA MÊME COLLECTION

Chair de poule
29

SANG DE MONSTRE III

R.L. STINE

Traduit de l'anglais par
DENISE CHARBONNEAU

Données de catalogage avant publication (Canada)

Stine, R. L.

Sang de monstre

(Héritage jeunesse)
(Chair de poule; v. 18, 29)
Traduction de : Monster Blood.

ISBN 2-7625-8404-3 (v. 3)

I. Titre. II. Collection: Stine, R. L., Chair de poule; 1, 18, 29.

PZ23.S85Sa 1993   j813'.54   C93-096583-3 rév.

Monster Blood III - Series Goosebumps

Infographie de la couverture : Michael MacEachern
Mise en page : Michael MacEachern

Dépôts légaux : 2e trimestre 1996
Bibliothèque nationale du Québec
Bibliothèque nationale du Canada

ISBN : 2-7625-8404-3   Imprimé au Canada

LES ÉDITIONS HÉRITAGE INC.
300, rue Arran, Saint-Lambert (Québec) J4R 1K5
(514) 875-0327

— Le sang de monstre! Il se remet à gonfler! s'écrie Christophe Pépin, les yeux braqués sur la grosse masse verte qui trépide dans l'allée de sa maison.

On dirait une gigantesque boulette de gomme verte collante, plus grosse qu'un ballon de plage. Plus grosse que deux ballons de plage, même!

La bulle verte tremblote et frémit comme si elle respirait très fort. Puis, après d'horribles bruits de succion, elle se met à rebondir.

Christophe fait un pas en arrière. Comment cette substance visqueuse est-elle sortie de sa boîte? Qui l'a mise dans l'allée? Qui a ouvert le contenant?

Quand le sang de monstre se met à gonfler, on ne peut plus l'arrêter. Il va gonfler, gonfler, et tout aspirer sur son passage.

Christophe le sait, puisqu'il en a fait la douloureuse expérience. Un jour, il a vu une bulle géante de sang de monstre avaler tout rond des enfants. Sans parler de ce qui est arrivé à son chien César, quand il en a mangé. L'épagneul s'est mis à grossir, grossir, grossir... à tel point qu'il a pu saisir Christophe entre ses crocs et est allé l'enterrer dans la cour, comme un os!

Et que dire de Muscade, le petit hamster que leur enseignant gardait dans la classe? Une parcelle de matière verte l'a transformé en monstre furieux et rugissant. Le hamster géant — devenu plus gros qu'un gorille — déambulait dans l'école en grognant et en ravageant tout autour de lui!

«Ce truc vert répugnant est dangereux, se dit Christophe. C'est peut-être même la substance la plus dangereuse sur terre!»

Alors, comment se retrouve-t-elle dans son entrée?

Et, lui, que va-t-il faire?

Le sang de monstre tressaute et hoquette, puis émet de nouveaux bruits de succion dégoûtants.

À mesure que la grosse boule gluante rebondit, des brindilles et des cailloux se collent à ses flancs, avant d'être engloutis dans son ventre.

Quand la boule commence lentement à rouler, Christophe recule encore d'un pas, et un long gémissement sort de sa bouche.

— Oh! nonnnn! Pour l'amour du ciel, NONNNN!...

Le sang de monstre roule dans sa direction en prenant de la vitesse. Sur son parcours, il engloutit, en émettant un cric-crac! sonore, le patin à roues alignées que Christophe a lancé tout à l'heure sur le côté de la maison.

La gorge serrée, il regarde le patin disparaître dans la boule verte cahotante.

— Ce sera bientôt mon tour! bredouille-t-il.

«Pas question! se dit-il aussitôt. Il faut que je déguerpisse.»

En se retournant pour prendre ses jambes à son cou, il trébuche sur l'autre patin et s'étale de tout son long avec un cri de douleur.

— Aïe!

Il atterrit sur les coudes et les genoux, et la douleur se répercute le long de ses bras.

Il essaie de combattre les picotements qui l'assaillent et se redresse précipitamment sur les genoux. Il se retourne juste à temps pour voir la masse verte furieuse foncer sur lui.

Il ouvre la bouche pour crier, mais l'ignoble amas vert vient s'écraser contre son visage, et son cri reste coincé dans sa gorge.

Il a beau agiter les bras avec frénésie, donner des coups de pied, la masse visqueuse s'enroule autour de lui, le tire, l'aspire.

«Je... ne peux plus respirer!» constate-t-il.

Puis tout devient vert.

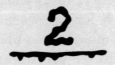

— Christophe! Cesse de rêvasser et mange ton jello, le gronde madame Pépin.

Christophe secoue vigoureusement la tête. Son rêve paraissait tellement réel que la voix de sa mère semble venir de très, très loin.

— Dépêche-toi, Christophe. Tu vas être en retard.

— Euh... maman... dit timidement Christophe. Est-ce que je peux te demander une grosse faveur?

— Laquelle? lui demande patiemment sa mère, tout en relevant ses cheveux blonds et lisses en queue de cheval.

— Est-ce qu'on pourrait ne plus jamais manger de jello vert à l'avenir? Pourrais-tu acheter d'autres couleurs? Et oublier le vert?

Il regarde fixement la montagne de gelée verte qui se dandine dans le bol transparent devant lui sur le comptoir.

— Christophe, tu es vraiment bizarre, répond madame Pépin en levant les yeux au plafond. Dépêche-toi. Xavier doit se demander où tu es.

— Il doit plutôt être en train de faire exploser la maison, rétorque Christophe d'un air morose.

Il retire la cuillère de son jello et entend un affreux bruit de succion.

— Raison de plus pour te dépêcher, ajoute madame Pépin d'un ton sévère. Tu es responsable de lui, Christophe. Tu as la charge de ton cousin jusqu'à ce que sa maman rentre du travail.

Christophe repousse son plat.

— Je ne peux pas manger ça, marmonne-t-il. Ça me fait penser au sang de monstre.

— Ne parle pas de cette horrible chose, réplique madame Pépin en faisant la grimace.

Christophe descend de son tabouret, et sa mère caresse gentiment ses cheveux roux bouclés. Elle lui dit doucement :

— Tu es gentil de rendre service. Tante Loulou n'a pas vraiment les moyens d'embaucher une gardienne ou un gardien.

— Ce qu'il lui faut, à Xavier, ce n'est pas un gardien, ronchonne Christophe. C'est un dompteur ! Avec une chaise et un fouet. Comme au cirque !

— Voyons donc. Tu sais bien que Xavier a du respect pour toi, insiste madame Pépin.

— Ouais ! Il n'a pas le choix ! C'est surtout parce que je suis plus grand que lui ! Tu sais, maman, je ne peux pas croire que c'est mon cousin. Il est tellement crétin !

— Xavier n'est pas un crétin. C'est un génie, affirme madame Pépin. À huit ans, c'est déjà un génie en sciences.

— Tout un génie, oui ! marmonne Christophe. Tu

sais quoi? Hier, il a fait fondre mes chaussures de sport.

Madame Pépin regarde son fils en ouvrant tout grands ses yeux bleu pâle.

— Il a fait quoi?

— Il a fabriqué un de ses mélanges, un liquide jaune vif. Il m'a dit que ça renforcerait mes chaussures et qu'elles ne s'useraient jamais.

— Et tu l'as laissé faire? dit madame Pépin sur un ton de reproche.

— Je n'avais pas le choix, répond piteusement Christophe. Si je ne fais pas tout ce qu'il veut, il raconte à tante Loulou que je suis méchant avec lui.

Madame Pépin hoche la tête.

— C'est donc pour ça que tu es revenu pieds nus hier…

— Mes chaussures sont encore figées dans le plancher du sous-sol, chez Xavier, explique Christophe. Elles ont fondu directement sur mes pieds.

— Eh bien! Sois prudent à l'avenir, d'accord?

— Tu peux en être sûre!

Christophe met sa casquette des Braves d'Atlanta, fait un signe de la main à sa mère et file par la porte arrière.

C'est une belle journée chaude de printemps. Deux monarques noir et jaune voltigent au-dessus des plates-bandes de fleurs. Dans les arbres, les nouvelles feuilles, d'un beau vert tendre, scintillent au soleil.

Arrivé au bout de l'allée, Christophe s'arrête et baisse la visière de sa casquette pour se protéger des rayons du soleil. Il plisse les yeux et explore la rue du regard en espérant apercevoir son amie Mario. Mais non.

Déçu, il donne un coup de pied sur un gros caillou, qui roule le long du trottoir, et se dirige vers la maison de Xavier.

Sa tante Loulou, la mère de Xavier, le paie trois dollars l'heure pour garder son cousin tous les jours, après l'école.

« Un pareil boulot, ça vaut trois cents dollars l'heure ! » songe rageusement Christophe.

Il est pourtant heureux de gagner cet argent, qui lui permettra de s'acheter un nouveau baladeur, étant donné que César a pris l'ancien pour un os.

Mais c'est de l'argent durement gagné, car Xavier est insupportable. Et le mot n'est pas trop fort. Insupportable !

Les jeux vidéo ne l'intéressent pas, ni la télé. Il refuse d'aller jouer dehors à la balle ou au frisbee, et l'envie ne lui prend même pas d'aller au dépanneur du coin pour s'emplir les poches de tablettes de chocolat ou de croustilles.

Tout ce qu'il veut, c'est rester au sous-sol, dans son laboratoire sombre et humide, et mélanger des produits chimiques dans des éprouvettes. Il appelle ça, ses expériences. « Il faut que je fasse mes expériences », dit-il.

« C'est peut-être un génie, pense Christophe avec amertume, mais ça ne le rend pas très rigolo. C'est une vraie peste, un point c'est tout ! »

Non, Christophe n'est pas enchanté de son travail. Il lui arrive même d'imaginer Xavier en train de tenter une expérience qui le ferait fondre sur place, comme ses chaussures de sport.

Parfois, Mario l'accompagne chez Xavier, ce qui lui rend la tâche un peu plus facile. Elle aussi, elle trouve Xavier bizarre. Mais quand elle est là, Christophe a au moins quelqu'un à qui parler, quelqu'un qui ne pense pas seulement à mélanger de la pyrite d'aluminium avec du chlorobenzadrate de sodium.

Christophe traverse la rue et passe par les cours des maisons pour se rendre chez Xavier. Tout en marchant, il s'interroge à propos de son cousin. « C'est quoi, cette manie de faire des mélanges ? Qu'est-ce qui peut bien l'amuser là-dedans ? Moi, je n'arrive même pas à préparer un lait au chocolat ! »

Il lui reste deux cours à traverser avant d'arriver chez Xavier. Il aperçoit déjà la maison blanche à deux étages coiffée d'un toit noir en pente.

Comme il est en retard d'une quinzaine de minutes, il accélère le pas en espérant que Xavier n'a pas déjà fait de coup pendable.

À peine s'est-il frayé un chemin à travers la haie basse et épineuse qui borde la cour de Xavier qu'une grosse voix familière le fige sur place.

— Hé ! Christophe ! Tu regardais dans ma cour ?

— Hein ?

Il a tout de suite reconnu la voix. C'est celle de Roch Barbieri, un gars qui va à la même école que lui et qui habite à côté de chez Xavier. On le surnomme Roch le Barbare, parce que c'est le gars le plus costaud et le plus sadique de la ville. Peut-être même de l'univers.

Perché sur la haute clôture blanche qui sépare les deux cours, Roch toise Christophe de son regard bleu et glacial.

— Tu regardais dans ma cour? répète-t-il d'un ton autoritaire.

— Jamais de la vie! répond Christophe d'une voix aiguë.

— Oui, tu regardais dans ma cour. C'est de l'intrusion, l'accuse Roch en sautant en bas de son perchoir.

Il a une carrure d'athlète, et son principal passe-temps est de se jeter sur les victimes qu'il vient d'écraser au sol.

Il porte un débardeur gris qui laisse voir ses gros muscles et un short en jean délavé et effiloché, très ample. Il affiche une expression redoutable.

— Hé! Roch! proteste Christophe. Je regardais dans la cour de Xavier. Je ne regarde pas dans la tienne. Jamais!

Roch s'avance vers lui en bombant le torse et le pousse avec sa poitrine. Le choc fait tituber Christophe, qui doit reculer.

Voilà un autre passe-temps de Roch: bousculer ses camarades avec son torse. Chaque fois, on a l'impression d'être heurté par un camion.

— Et pourquoi tu ne regardes pas dans ma cour? insiste Roch. Elle te déplaît? Tu la trouves laide? C'est pour ça?

Christophe avale avec difficulté sa salive, se demandant si Roch n'est pas en train de chercher la bagarre.

Comme il s'apprête à rétorquer, il entend une petite voix grinçante répondre à sa place.

— On est dans un pays libre, Roch!

— Oh, nonnnn! marmonne Christophe en fermant les yeux.

Son cousin Xavier surgit de derrière lui. Petit et maigrichon, il a une face blême encadrée d'une tignasse de cheveux blonds très pâles, presque blancs, et des yeux noirs tout ronds derrière d'énormes lunettes à monture de plastique rouge. Christophe a toujours trouvé que son cousin avait l'air d'une souris blanche affublée de lunettes.

Il porte un énorme short rouge qui lui tombe presque jusqu'aux chevilles et un t-shirt rouge et noir de l'équipe des Braves, dont les manches lui couvrent les coudes et laissent entrevoir ses bras maigrelets.

— Qu'est-ce que t'as dit ? demande Roch sur un ton péremptoire en jetant sur Xavier un regard menaçant.

— On est dans un pays libre ! répète Xavier de sa voix perçante. Christophe a le droit de regarder dans toutes les cours qu'il veut !

Roch pousse un grognement de colère et s'avance d'un pas lourd vers Christophe dans le but évident de lui réduire la face en purée. Le pauvre garçon se tourne vers son cousin et lui dit :

— Merci beaucoup. Merci pour ton aide, Xavier !

— De quel côté tu veux que je t'écrase le nez ? demande Roch à Christophe. À gauche ou à droite ?

3

— Ne fais pas ça! crie Xavier de sa voix aiguë de souris.

Roch lève un poing énorme et, avec l'autre main, il attrape Christophe par le devant de son t-shirt. Puis, s'adressant à Xavier, il grogne:

— Pourquoi pas?

— À cause de ceci! déclare Xavier en brandissant à deux mains un vase à bec à demi rempli d'un liquide bleu foncé.

Surpris, Roch lâche aussitôt le t-shirt de Christophe et reluque le vase. Il pousse un soupir et passe sa grosse main dans ses cheveux blonds ondulés. Puis il regarde Xavier en plissant les yeux.

— C'est quoi, ça? Ta bouillie pour bébé?

— Ha! Ha! rétorque Xavier avec sarcasme.

«Si Xavier ne la ferme pas, songe Christophe, on va tous les deux se faire écrabouiller! Qu'est-ce que ce petit zigoto essaie de faire?»

Il tire son cousin par la manche pour l'entraîner loin de Roch, mais Xavier l'ignore et lève son vase sous le nez du Barbare.

— C'est une mixture qui rend invisible, proclame-t-il. Si j'en verse sur toi, tu vas disparaître.

«On ferait mieux de disparaître tous les deux, Xavier et moi!» se dit Christophe, inquiet, tout en jetant un regard circulaire autour de lui. «Peut-être que je pourrais me faufiler à travers la haie avant que Roch s'en prenne à moi, pense-t-il. Si je peux contourner la maison voisine et courir jusqu'à la rue, je réussirai peut-être à lui échapper.»

Mais a-t-il le droit de laisser Xavier à la merci de cette brute?

Christophe pousse un soupir de résignation. Non. Il ne peut pas abandonner ainsi son cousin. Même s'il faut avouer que Xavier a couru après.

— Tu vas me rendre invisible avec ce truc-là? demande Roch avec un sourire dédaigneux.

Xavier fait un signe de tête affirmatif.

— Quelques gouttes et tu disparais. Certain. Je l'ai préparé moi-même, et ça marche. C'est un mélange de dioxynate de téflon et de parasulfidine de magnésium.

— Ouais, bien sûr, marmonne Roch en examinant le mélange. Et qu'est-ce qui le rend bleu?

— Du colorant alimentaire, répond Xavier.

Puis, en essayant de prendre une grosse voix, il ajoute:

— Tu ferais mieux de rentrer chez toi, Roch. Je ne voudrais pas avoir à utiliser mon mélange.

«Oh! la la! pense Christophe en abaissant sa casquette sur son visage. Je ne veux pas voir ça. C'est trop sinistre. Vraiment trop! Quel imbécile, ce Xavier!»

Et soudain, il entend Roch prononcer:

— Vas-y, essaie!

Christophe relève sa casquette pour voir ce qui se passe.

— Euh... Xavier, murmure-t-il. Il serait temps de rentrer, non?

— Vas-y! Rends-moi invisible! lance Roch en défiant Xavier.

— Tu es sûr? demande le petit garçon.

— Ouais. Je veux être invisible. Vas-y, Xavier. Verse ta solution sur moi. Fais-moi disparaître. Je te mets au défi.

Xavier approche le vase du débardeur gris de Roch qui moule son torse athlétique.

— Xavier... non! supplie Christophe. Non, Xavier. Je t'en prie!

Et il fait un geste désespéré pour attraper le vase. Trop tard.

Xavier est déjà en train de verser l'épais liquide bleu sur le devant du débardeur de Roch.

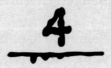

4

Du coin de l'œil, Christophe aperçoit les voltiges d'un monarque au-dessus des haies basses. «Si seulement j'étais un papillon, se dit-il. Si seulement je pouvais battre des ailes et m'envoler. Le plus loin possible!»

Le débardeur de Roch s'imbibe peu à peu de liquide bleu. Les trois garçons attendent la suite en silence. Puis Roch plisse les yeux et jette à Xavier un regard soupçonneux.

— Et alors? Je ne disparais pas, dit-il tout bas.

Tout à coup, son débardeur commence à rétrécir.

— Hé! Ça... ça m'étouffe! tonne Roch en se débattant désespérément pour enlever son vêtement, qui rapetisse à vue d'œil.

— Oh! Oh! s'écrie Xavier, les yeux pétillants de joie derrière ses lunettes. C'est super!

Christophe, éberlué, regarde le débardeur devenir un tout petit bout d'étoffe, puis s'évaporer.

Roch est maintenant planté devant eux torse nu.

Un silence de plomb pèse sur la cour. Pendant

quelques instants, les trois garçons restent les yeux braqués sur l'énorme torse nu de Roch. Puis le Barbare se tourne vers Christophe :

— C'était mon plus beau débardeur, siffle-t-il entre ses dents.

— Euh… Oh… articule Christophe.

— J'aime bien ton nez comme ça, dit Mario. On ne sait pas trop de quel côté il penche.

— Je suppose qu'il va reprendre sa forme, réplique Christophe en tâtant délicatement son appendice nasal. En tout cas, il me fait moins mal, soupire-t-il. Mes autres bleus et blessures devraient disparaître aussi, avec le temps.

Deux jours ont passé. Christophe est assis en face de Mario, à une table de la cafétéria de l'école. La mine penaude, il regarde le sandwich au thon que sa mère lui a préparé et auquel il n'a pas encore touché. C'est que sa bouche n'a pas retrouvé son fonctionnement normal. Elle s'ouvre de côté plutôt que de haut en bas.

Mario s'essuie le menton pour le débarrasser d'un reste de salade aux œufs. Brune, les cheveux coupés court, elle a d'immenses yeux bruns qui, en ce moment, dévisagent Christophe.

Mario ne s'habille pas comme les autres filles de sixième année. Elle adore les couleurs criardes, et plus il y en a, mieux c'est. Aujourd'hui, elle porte une veste jaune sur un t-shirt magenta, et un short orange fluo.

Quand elle est arrivée en ville, au début de l'année scolaire, on se moquait de ses vêtements multicolores. Mais les moqueries ont cessé et, maintenant, tout le monde trouve qu'elle a du style. Certains même l'imitent.

— Alors, Roch le Barbare t'a réduit en poutine, et qu'est-il arrivé après ? demande-t-elle en prenant une poignée de croustilles qu'elle engloutit une à une.

Christophe prend une petite bouchée de son sandwich au thon, qu'il met un temps fou à avaler, et raconte ses péripéties à son amie.

— Roch m'a fait promettre de ne plus jamais regarder dans sa cour. J'ai dû lever la main droite et jurer. Puis il est rentré chez lui.

Christophe soupire et touche encore une fois son nez endolori avant d'ajouter :

— Après le départ de Roch, Xavier m'a aidé à me traîner jusque chez lui. Ma tante Loulou est arrivée pas longtemps après.

— Et ensuite ? demande Mario en froissant bruyamment son sac de croustilles vide.

— Elle a vu dans quel état j'étais, alors elle m'a demandé ce qui était arrivé.

Il hoche la tête et continue, hargneux :

— Et avant même que je puisse ouvrir la bouche, voilà que ce petit crétin de Xavier intervient en disant : « Christophe s'est battu avec Roch ».

— Sans blague ! s'exclame Mario.

— Alors tante Loulou a dit : « Eh bien, Christophe, si tu te bagarres au lieu de t'occuper de Xavier, je vais devoir parler à ta mère. Peut-être que tu n'as pas assez de maturité pour ce travail. »

— Pas vrai ! s'écrie encore Mario.

— Dire que tout ça était sa faute ! s'indigne Christophe en donnant un grand coup de poing sur la table.

Son berlingot de lait se renverse, et le liquide se répand et coule sur son jean. Mais Christophe est tellement furieux qu'il ne bouge pas de sa chaise et continue de plus belle :

— Et tu sais le pire ? Le pire de tout ?

— Quoi ?

— Xavier avait tout manigancé. Il savait que son mélange bleu ferait rétrécir le débardeur de Roch. Tout ce qu'il voulait, c'est que je me fasse rosser par ce gros barbare. Il a fait exprès de me mettre dans le pétrin.

— Comment le sais-tu ?

— Le sourire !

— Hein ? Quel sourire ?

— Le sourire de Xavier. Tu sais, son petit sourire tordu qui laisse voir ses deux incisives ? Il avait ce sourire-là quand il m'a aidé à rentrer chez lui.

Mario se contente de hocher la tête, et Christophe finit de manger la pointe de son sandwich.

— Tu n'as rien à dire ? lance-t-il enfin à son amie.

— Qu'est-ce que tu veux que je dise ? Ton cousin Xavier est un drôle de numéro. Je crois que tu devrais lui donner une leçon. Lui remettre la monnaie de sa pièce.

— Hein ? fait Christophe en regardant Mario bouche bée. Comment ?

Mario hausse les épaules.

— Je ne sais pas. Peut-être que tu... euh...

Tout à coup, ses yeux pétillent de malice.

— J'ai trouvé ! Est-ce qu'il ne mange pas toujours

une collation après l'école ? Tu pourrais glisser un peu de sang de monstre dans sa nourriture.

Christophe avale tout rond et bondit sur ses pieds.

— Ça, jamais ! Jamais, Mario ! crie-t-il.

Surpris par les éclats de voix de Christophe, des élèves assis aux tables voisines se retournent et le dévisagent.

— Oublie ça ! crie encore Christophe en se moquant des regards posés sur lui. Pas de sang de monstre. Plus jamais ! Je ne veux plus jamais en entendre parler !

— D'accord, d'accord ! rétorque Mario en faisant mine de se cacher derrière ses deux mains levées.

— À propos, reprend Christophe avec un peu plus de calme, où est-il, le sang de monstre ? Où est-ce que tu l'as caché ? Tu ne l'as pas sorti de sa boîte, hein ?

— Ben... répond Mario en baissant les yeux avec un sourire espiègle. J'en ai mis un tout petit peu dans le sandwich au thon que tu viens de manger.

5

Christophe a crié si fort que deux élèves ont dégringolé de leur chaise, tandis que deux autres ont laissé tomber leur plateau.

Il a les yeux exorbités, et sa voix est plus stridente que le sifflet du prof de gymnastique.

— Tu... tu... tu...! bafouille-t-il en se tenant la gorge.

Mario se tord de rire et lui fait signe de se rasseoir.

— Du calme, Christophe, je plaisantais.

— Hein?

— Mais oui, c'est juste une farce. Le sang de monstre est chez moi, bien en sûreté.

Christophe pousse un long soupir et se laisse retomber sur sa chaise, sans se rendre compte qu'il est assis dans le lait répandu.

— Marie-Odiiiile, lance-t-il d'un air malheureux en étirant exprès la dernière syllabe. Marie-Odiiiile, ce n'est pas drôle.

— Mais oui, c'est drôle. Et ne m'appelle pas

Marie-Odile. Tu sais que je déteste ce prénom.

— Marie-Odile. Marie-Odile. Marie-Odile, répète Christophe pour se venger de la mauvaise blague de son amie.

Puis, fronçant les sourcils, il lui dit d'un ton sévère :

— Tu me jures que la nouvelle boîte de sang de monstre que tes parents t'ont envoyée d'Europe est bien cachée ?

— Mais oui, le rassure Mario. Elle est sur la dernière tablette d'un placard, au sous-sol. Tout au fond. La boîte est bien fermée. La substance ne risque pas de sortir.

Christophe scrute son amie du regard.

— Ne me regarde pas comme ça ! s'exclame-t-elle en lui lançant la boulette qu'elle vient de façonner avec la feuille d'aluminium qui enveloppait son sandwich. Je dis la vérité. Le sang de monstre est en lieu sûr. Ne t'inquiète pas.

Christophe se détend et tire de son sac à lunch un rouleau aux fruits qu'il déballe lentement.

— Tu es en dette avec moi, dit-il doucement.

— Pardon ?

— Tu dois payer pour cette farce idiote.

— Ah oui ? Et comment ?

— Viens avec moi chez Xavier après l'école.

Mario fait la grimace.

— S'il te plaît, insiste Christophe.

— D'accord. Quand je suis là, on dirait qu'il fait moins de bêtises.

Christophe tend à Mario son rouleau aux fruits, qui lui colle aux doigts.

— Tu le veux? J'ai supplié ma mère de ne pas acheter les verts!

Après l'école, Christophe et Mario s'en vont ensemble chez Xavier. Le temps est maussade et il y a apparence de pluie. L'air lourd est aussi humide qu'en plein été.

Christophe s'apprête à traverser la rue pour prendre le raccourci par les cours, mais il se ravise.

— Passons plutôt par en avant, dit-il. Roch pourrait nous attendre en arrière.

— Ne dis pas «nous», marmonne Mario.

Elle change son sac à dos d'épaule et se met tout à coup à se gratter le bras.

— Aïe! Regarde ça.

Christophe aperçoit une grosse bosse rouge sur le bras droit de Mario.

— Qu'est-ce que c'est? Une piqûre de moustique?

— Je suppose. Ça pique en titi.

— Il ne faut pas gratter, lui recommande Christophe.

— Merci, docteur, répond Mario sur un ton sarcastique en se grattant de plus belle, juste pour le contrarier.

Comme ils arrivent chez Xavier, quelques gouttes de pluie se mettent à tomber. Christophe ouvre la porte avant et pénètre dans la salle de séjour.

— Xavier, tu es là?

Pas de réponse.

Une odeur nauséabonde agresse les narines de Christophe, qui se pince aussitôt le nez.

— Pouah! Sens-tu ce que je sens? demande-t-il à Mario.

— On dirait que ça vient du sous-sol, dit-elle avec une grimace de dégoût.

— Probablement, grogne Christophe. Xavier doit déjà être dans son labo.

— Xavier? Hé! Xavier, qu'est-ce que tu fais en bas?

Ils dévalent l'escalier en se bouchant le nez.

Le sous-sol se divise en deux. D'un côté, il y a la buanderie et le chauffage, de l'autre, la salle de jeu où est installé tout au fond le laboratoire de Xavier.

Christophe traverse à grandes enjambées les carreaux de céramique, jusqu'à la salle de jeu. Il aperçoit Xavier devant sa longue table de labo jonchée de vases à bec contenant des liquides de diverses couleurs.

— Xavier, qu'est-ce qui pue comme ça?

Pendant que Christophe et Mario se précipitent vers la table, Xavier verse un liquide jaune dans un liquide vert.

— Oh! Oh! fait-il en voyant le mélange se mettre à bouillonner.

Puis, derrière ses lunettes, ses yeux s'agrandissent d'horreur.

— Courez! crie-t-il. Vite! Sauve qui peut! Ça va exploser!

Le liquide bouillonne et tourbillonne.

Xavier se précipite sous la table.

Avec un cri d'effroi, Christophe pivote sur lui-même et attrape Mario par la main pour l'entraîner vers l'escalier. Mais, au premier pas, il trébuche sur Farouche, le gros chien de berger de Xavier, et tombe à plat ventre sur les carreaux de céramique, le souffle coupé. Haletant, il essaie désespérément d'aspirer une bouffée d'air.

La pièce se met à bouger, à vaciller.

— Ça va sauter! s'égosille Xavier.

Christophe réussit enfin à respirer. Il se redresse sur un genou, puis il tourne la tête vers la table de laboratoire.

C'est alors qu'il aperçoit Mario plantée calmement au milieu de la salle de jeu, les mains sur les hanches.

— Mario, ça va sauter! crie-t-il en cherchant son souffle.

Mario lève les yeux au plafond et marmonne en hochant la tête:

— Franchement, Christophe ! Es-tu vraiment tombé dans le panneau ?

— Hein ? fait celui-ci en jetant un regard à la longue table de verre derrière elle.

Xavier a repris sa place. Les deux coudes appuyés sur la table, il affiche son fameux petit sourire tordu qui laisse poindre ses deux incisives. Le sourire que Christophe déteste plus que tout au monde.

— Ben oui, Christophe, répète Xavier en imitant Mario, es-tu vraiment tombé dans le panneau ?

Et il s'esclaffe, de son rire débile qui ressemble au cri d'un cochon coincé dans une clôture.

Christophe se relève en bougonnant, tandis que Farouche émet un hoquet. La langue pendante, le chien respire bruyamment.

— Je ne suis pas tombé dans le panneau, rétorque Christophe en se tournant vers Mario. J'étais sûr que c'était encore une stupide blague de Xavier. Je voulais seulement voir si, toi, tu marchais.

— Ouais, ouais, répond Mario en levant encore une fois les yeux au plafond.

« Décidément, c'est une manie », remarque Christophe.

Ils retournent près de la table de labo encombrée de bouteilles et de fioles, de vases à bec et de bocaux, tous remplis de liquides colorés.

Derrière la table, contre le mur, une étagère très haute est également surchargée de bocaux et de bouteilles remplis de divers liquides et produits chimiques. Les mixtures de Xavier.

— J'avais à peine quelques minutes de retard, dit Christophe à son cousin, et tu en as profité. À partir de maintenant, je te défends de faire quoi que ce soit. Contente-toi de m'attendre sagement.

Puis, reniflant l'air, il ajoute :

— C'est quoi, cette odeur dégueu ?

Xavier le regarde avec son sourire narquois :

— Ça ne sentait rien avant que tu arrives ! ironise-t-il.

Christophe ne trouve pas ça drôle.

— Fiche-moi la paix, marmonne-t-il entre ses dents.

— C'est vrai, Xavier. Assez de blagues pour aujourd'hui, dit Mario en grattant sa piqûre de moustique.

Farouche a encore un hoquet.

— Je prépare une mixture pour guérir Farouche de son hoquet, annonce Xavier.

— Oh non ! rétorque Christophe avec autorité. Pas question que je te laisse administrer un de tes mélanges à ce pauvre chien !

— C'est un remède très simple, se défend Xavier en versant un liquide bleu dans un liquide vert. C'est juste de l'harposyrate de maglésium et du polythorbital ribotussal, avec un peu de sucre pour le goût.

— J'ai dit non ! persiste Christophe. Tu ne donneras rien d'autre au chien que de l'eau. C'est trop dangereux.

Sans s'occuper de lui, Xavier continue à transvaser les produits chimiques.

Puis il regarde Mario et lui demande :

— Qu'est-ce que tu as au bras ?

— Une grosse piqûre de moustique, répond Mario. Ça pique sans bon sens.

— Montre-moi ça, lui ordonne Xavier.

— Pourquoi? demande Mario d'un air méfiant.

Xavier attrape la main de la jeune fille et la tire à lui.

— Laisse-moi voir, insiste-t-il.

— C'est juste une piqûre de maringouin, dit Mario.

— Il me reste un peu de mixture qui rend invisible, déclare-t-il. Celle qui a fait rétrécir le débardeur de Roch.

— Ne me fais pas penser à ça, grogne Christophe.

— Ça va faire disparaître ta piqûre de maringouin, dit Xavier en s'adressant à Mario.

Puis il prend le vase.

— Tu veux me verser ça sur le bras? s'écrie Mario. Non merci!

Elle essaie de reculer, mais Xavier lui tient le bras serré, et il verse. Le liquide bleu s'étale sur la piqûre.

— Non! Oh non! hurle Mario.

7

— Mon bras! hurle Mario. Qu'est-ce que tu m'as fait?

Christophe se dirige cahin-caha vers la table de labo. Encore une fois, il a failli trébucher sur le chien et tomber. Puis il attrape le bras de Mario et l'examine.

— C'est... c'est... bredouille-t-il.

— C'est parti! s'écrie Mario. La piqûre... a disparu!

Interloqué, Christophe regarde le bras de sa copine. À part deux petites gouttes de liquide bleu, la peau est tout à fait lisse.

— Xavier, tu es un génie! s'exclame Mario. Ton mélange a fait disparaître la piqûre.

— Je te l'avais dit! rétorque Xavier avec un sourire satisfait.

— Tu pourrais faire une fortune! s'écrie Mario. Te rends-tu compte? Tu as inventé le remède miracle contre les piqûres de moustiques!

Xavier soulève le vase et l'incline d'un côté et de l'autre.

— Il n'en reste pas beaucoup, murmure-t-il.

— Mais tu peux en faire d'autre, non ? l'encourage Mario.

Xavier fronce les sourcils.

— Je ne suis pas sûr, répond-il prudemment. Peut-être... Mais je n'ai pas noté les ingrédients.

Il se gratte la tête et fixe le vase vide en remuant le nez comme une souris. Il a l'air de se triturer les méninges.

Farouche émet un autre hoquet, suivi d'un grognement plaintif. Christophe en déduit que le pauvre chien n'est pas très heureux de son sort. Comme c'est un gros chien, il a de gros hoquets qui font vibrer tout son corps, comme s'il était secoué par un tremblement de terre.

— Je ferais mieux de me dépêcher de fabriquer le remède contre les hoquets, déclare Xavier.

Puis il prend quelques bocaux de produits chimiques sur l'étagère et les ouvre l'un après l'autre.

— Hé ! Xavier ! lance Christophe. Tu ne feras rien avaler au chien. Tante Loulou va me zigouiller si...

— Laisse-le donc essayer, l'interrompt Mario en se caressant le bras. Il ne faut pas empêcher un génie de travailler.

Christophe regarde son amie d'un air ahuri et lui chuchote très fort :

— De quel côté es-tu, toi ?

Sans lui répondre, Mario ouvre son sac à dos bleu et orange et en sort des papiers.

— Bon ! Je vais faire mon devoir de maths pendant que Xavier prépare sa potion contre le hoquet, annonce-t-elle.

Les yeux de Xavier s'illuminent d'enthousiasme derrière ses lunettes.

— Maths ? Tu as des problèmes de maths ?

— Oui. Un tas d'équations à faire, qui comptent comme un examen. C'est superdifficile.

Délaissant ses tubes et ses vases, Xavier, tout excité, accourt vers Mario.

— Veux-tu que je les fasse pour toi ? Tu sais, j'adore les problèmes de maths.

Mario lance un clin d'œil à Christophe, qui fronce les sourcils et hoche la tête. « Voilà donc pourquoi Mario est si gentille avec Xavier ! se dit-il. C'était seulement une tactique pour amener mon cher cousin à faire son examen de maths à sa place. »

Xavier ne peut jamais résister à des problèmes de maths. Ses parents ont dû lui acheter des tas de cahiers d'exercices, et il peut passer des après-midi entiers à résoudre des problèmes. Rien que pour le plaisir !

Farouche a encore un hoquet.

Xavier s'empare des feuilles d'examen de Mario et l'implore :

— Laisse-moi faire tes équations, tu veux ? S'il te plaît.

— Euh... d'accord, répond Mario.

Elle lance un autre clin d'œil à Christophe qui, lui, la regarde avec une mine renfrognée. Il est sûr que Mario s'attire des ennuis. Elle est nulle en maths. C'est sa matière faible. Quand madame Gladu va s'apercevoir que toutes ses réponses sont justes, ça va lui mettre la puce à l'oreille.

Mais Christophe ne dit rien. À quoi bon ?

Xavier est déjà en train de griffonner, inscrivant les réponses à mesure qu'il lit les questions. Ses yeux scintillent, il respire bruyamment, et un sourire réjoui illumine son visage.

— Fini ! lance-t-il.

« Ouf ! Il est rapide, se dit Christophe. Il a résolu toutes les équations en moins de temps qu'il m'en aurait fallu pour inscrire mon nom en haut de la page ! »

Xavier remet à Mario son crayon et sa copie.

— Merci beaucoup, dit-elle. J'ai vraiment besoin d'avoir une bonne note en maths ce trimestre.

— Tricheuse, lui chuchote Christophe à l'oreille.

— Je l'ai fait pour Xavier, répond-elle tout bas. Il adore les problèmes de maths. Alors pourquoi ne pas lui faire plaisir ?

— Tricheuse, répète Christophe.

Farouche a un hoquet, suivi d'une longue plainte de douleur.

Xavier retourne à sa table de labo, où il verse un liquide jaune dans un liquide rouge. La mixture se met à fumer, puis tourne à l'orange vif.

Mario range son devoir dans son sac à dos.

Xavier verse le liquide orange dans un grand vase à bec. Puis il prend une petite fiole contenant des cristaux argentés qu'il vide dans le vase.

Christophe s'approche de lui et dit d'un ton autoritaire :

— Tu ne peux pas donner ça à Farouche. Je suis sérieux. Je ne te laisserai pas faire.

Indifférent, Xavier remue le mélange, qui tourne au blanc. Puis il y ajoute une poudre qui le fait redevenir orange.

— Tu dois m'obéir, Xavier. Je suis responsable de toi, non?

Xavier fait comme si Christophe n'existait pas.

Farouche a encore le hoquet. Toute sa fourrure blanche en frémit.

— Laisse Xavier travailler, intervient Mario. C'est un génie.

— Peut-être, rétorque Christophe, mais c'est moi qui commande. Tant que sa mère n'est pas là, c'est moi le chef.

Xavier vide son mélange dans le bol rouge du chien.

— C'est moi qui commande, lui répète Christophe, et j'ai dit non!

Xavier dépose le bol sur le plancher.

— Tu ne peux pas donner ça à Farouche! s'entête Christophe.

— Viens, mon chien. Viens, fait Xavier.

— Pas question! tonne Christophe. Le chien ne boira pas ça!

Joignant le geste à la parole, il plonge pour attraper le bol. Mais il s'est élancé avec tellement de vigueur qu'il glisse sous la table de labo.

Farouche, la tête dans le bol, commence à laper le liquide orange.

Christophe pivote sur lui-même et, inquiet, regarde le chien. Les trois, d'ailleurs, observent le chien... curieux de voir ce qui va se passer.

Farouche vide le bol en quelques lampées, puis regarde Xavier avec l'air de lui dire «Merci».

Le petit garçon caresse la grosse tête de son chien. Il écarte la fourrure blanche frisée qui lui retombe dans les yeux, mais les poils reprennent leur place aussi vite. Farouche lèche la main de son maître.

— Tu vois, Christophe, fait remarquer Xavier. Son hoquet a disparu.

Christophe observe le chien quelques secondes et se rend à l'évidence:

— C'est vrai. Son hoquet a disparu.

— C'était un mélange très simple, fanfaronne Xavier. Juste un peu de tetrahydropodol avec quelques cristaux d'hydradroxylate et quelques grammes de mégahydracyl oxyneuroplat. Un jeu d'enfant.

— C'est un vrai génie! s'exclame Mario.

Christophe s'apprête à répliquer quand Farouche l'interrompt par un petit jappement aigu.

Et soudain, sans prévenir, le gros chien bondit vers Xavier en poussant des petits cris pointus. Il flanque ses deux grosses pattes sur la poitrine du garçon, qui hurle de surprise et tombe à la renverse contre le mur. Sous l'impact, les bocaux et les bouteilles de l'étagère s'entrechoquent.

Farouche se met à aboyer frénétiquement à petits cris perçants et nerveux. Il saute encore, comme s'il voulait se jeter dans les bras de Xavier.

— Couché, mon chien! Couché! crie Xavier d'une voix stridente.

Le chien bondit encore. L'étagère tremble, et Xavier s'écroule par terre.

— Couché, mon chien! Couché! s'égosille Xavier en se couvrant la tête de ses deux bras. Arrête, Farouche! Arrête de sauter!

Surexcité, le chien repousse le bras de Xavier d'un coup de tête et se met à lui lécher énergiquement la figure, à mordiller son t-shirt.

— Arrête! Beurk! Arrête!

Xavier se débat comme un diable, mais le gros chien le retient au sol.

— Qu'est-ce qui se passe? s'écrie Mario. Qu'est-ce qui lui prend, à ce chien?

— La mixture de Xavier! lance Christophe avant de se ruer sur le chien et de le tirer à deux mains pour tenter de libérer son cousin.

Farouche fait volte-face et, après un autre petit glapissement, il s'élance au pas de course à travers le sous-sol.

— Arrête-le! crie Xavier. Il est déchaîné! Il va casser quelque chose!

Au même instant, on entend un grand fracas! Une étagère pleine de bocaux de conserve vient de se renverser par terre.

Le chien jappe à tue-tête, s'écarte d'un bond de l'étagère et se met à courir en grands cercles en martelant le carrelage de ses grosses pattes poilues. Il tourne comme une toupie, courant comme un fou après sa queue.

— Farouche, assez! hurle Christophe en s'élançant à sa poursuite. Mario, aide-moi! Il faut l'arrêter. Il est devenu fou!

Le gros chien disparaît dans la buanderie.

— Farouche, reviens ici! hurle Christophe.

Il se précipite vers la salle de lavage et arrive juste au moment où Farouche fonce dans la planche à repasser, qui culbute en entraînant dans sa chute les vêtements qui y étaient empilés. Le fer à repasser va s'écraser par terre.

En glapissant, Farouche s'extirpe de sous les vêtements éparpillés. Quand il aperçoit Christophe, sa grosse queue se met à battre en tous sens, et il traverse la pièce d'un bond.

— Non! hurle Christophe.

Mais le gros chien le jette par terre et se met à lui lécher éperdument le visage.

Christophe entend Mario éclater de rire derrière lui.

— Il déborde d'énergie, s'exclame-t-elle. Il agit comme un chiot excité!

— Il est un peu gros pour se prendre pour un chiot! gémit Christophe.

Farouche renifle avec frénésie sous la machine à laver et se jette sur une grosse fourmi noire, après quoi il se détourne et fonce en direction de Mario et Christophe.

— Attention! prévient Christophe.

Mais le chien les contourne et file ventre à terre vers l'autre pièce. Ils le suivent, puis le voient se rouler sur lui-même et agiter dans les airs ses grosses pattes de fourrure.

Il se redresse ensuite d'un bond et s'élance vers Xavier.

— Tout doux! Tout doux, mon chien! crie le gamin. Tu as raison, dit-il en s'adressant à Mario. Farouche se comportait comme ça quand il était tout petit. La mixture a décuplé son énergie!

Le gros chien saute sur un vieux canapé appuyé contre le mur. Il explore les coussins, les renifle avidement en agitant sa grosse queue trapue.

— Farouche, tu n'es pas un toutou! lui crie Christophe. Écoute-moi! Tu n'es plus un toutou, tu es un gros chien! Farouche… s'il te plaît!

— Attention! hurle Mario.

Le chien saute en bas du canapé et fonce en trombe vers Xavier.

— Non! Arrête! crie le petit garçon en plongeant derrière la table de labo.

Le chien essaie de freiner son élan, mais ses grosses pattes l'entraînent malgré lui.

Il fonce dans la table. Les bouteilles et les vases sont projetés en l'air et vont s'écraser par terre avec grand fracas. La table bascule sur Xavier.

L'étagère se renverse, entraînant les bocaux et les éprouvettes, qui vont se fracasser eux aussi sur le plancher, dans un tintamarre monstre. Les produits chimiques coulent à flots sur le carrelage.

— Quel gâchis! s'exclame Christophe. Quel affreux gâchis!

Comme il se retourne, il laisse échapper un hoquet de surprise… en apercevant sa tante Loulou dans l'embrasure de la porte. Bouche bée, elle regarde la scène avec des yeux exorbités.

— Pour l'amour du ciel ! Qu'est-ce qui se passe ici ? s'exclame-t-elle.

— Euh… bien… commence Christophe.

Comment lui expliquer ? Et même s'il trouve les mots, sa tante va-t-elle le croire ?

Les mains sur les hanches, la mère de Xavier tape du pied à petits coups saccadés et demande d'une voix furieuse :

— Qu'est-ce qui s'est passé ?

— Euh… bien… répète Christophe.

Mais Xavier lui coupe la parole. En pointant son cousin d'un index accusateur, il s'écrie :

— C'est Christophe qui agaçait Farouche !

9

La mère de Xavier foudroie Christophe du regard.

— Je te paie pour t'occuper de Xavier, dit-elle sèchement. Pas pour faire l'idiot avec le chien et démo-
lir ma maison.

— Mais... mais... mais... bégaie Christophe.

— Christophe n'y est pour rien! proteste Mario.

Mais sa voix est couverte par un long gémissement hypocrite de Xavier, qui tout à coup éclate en
sanglots.

— J'ai essayé d'arrêter Christophe! pleurniche-
t-il. Je ne voulais pas qu'il taquine Farouche. Mais il
ne m'a pas écouté!

Et il va se jeter dans les bras de sa mère, qui s'empresse de le consoler:

— Calme-toi, mon chéri, tout va bien. Christophe
ne recommencera plus, je te le promets.

Tante Loulou fronce les sourcils et dévisage son
neveu d'un air courroucé, pendant que Xavier continue à sangloter en s'accrochant à sa mère comme un
bébé.

41

Christophe lance un regard incrédule à Mario, qui se contente de hausser les épaules.

— Christophe, toi et Mario, vous pouvez commencer à nettoyer les dégâts, ordonne madame Major. Xavier est un petit garçon hypersensible. Quand tu fais des sottises pareilles, ça le bouleverse.

Les pleurs de Xavier redoublent et sa mère lui caresse tendrement la tête en lui murmurant:

— Ça va, Xavier. Ça va. Christophe n'agacera plus jamais Farouche.

— Mais… mais… bredouille Christophe.

Comment Xavier peut-il jouer une telle comédie? Comment peut-il délibérément mettre ainsi son cousin dans l'embarras? Christophe n'a rien à voir avec ce désastre. C'est Xavier, le coupable!

— Je ne pense vraiment pas… commence Mario.

Mais madame Major l'interrompt d'un geste de la main.

— Contente-toi de nettoyer tout ça, tu veux?

Puis, tout en cajolant Xavier, elle se tourne vers Christophe et ajoute:

— Je ne parlerai pas de ça à ta mère, Christophe.

— Merci, marmonne le garçon.

— Je vais te donner encore une chance, même si tu ne la mérites pas. Si tu n'étais pas mon neveu, je te ferais payer les dommages. Et j'engagerais quelqu'un d'autre pour s'occuper de Xavier.

— Christophe est méchant, se lamente le petit garçon à voix basse en enlevant ses lunettes pour essuyer ses joues ruisselantes de larmes. Christophe est très méchant.

«Quelle petite ordure!» pense Christophe. Mais il

garde les yeux baissés et ne dit rien.

— Viens, Xavier, on va faire ta toilette, dit tante Loulou en entraînant son fils vers l'escalier. Après, il faudra donner un bain à Farouche.

Puis elle se tourne vers Christophe et lui dit en le menaçant du doigt :

— Une dernière chance. Une dernière !

Dans le coin, Farouche laisse entendre un gros hoquet.

— Regarde ! lance tante Loulou à Christophe. Tu as tellement énervé le chien que tu lui as donné le hoquet.

— Mais… mais… bredouille encore Christophe.

Pendant qu'il tente de trouver les mots pour se défendre, Xavier et sa mère disparaissent dans l'escalier.

Deux heures plus tard, Mario et Christophe, fourbus, rentrent chez eux en se traînant les pieds.

— Quel gâchis ! grommelle Christophe. Regarde-moi. Je suis couvert de produits chimiques.

— Deux heures ! s'indigne Mario. Deux heures pour nettoyer le sous-sol. Et Farouche qui restait là à nous regarder, avec le hoquet.

— Xavier est un petit crétin, dit Christophe en donnant un coup de pied sur un caillou.

Mario hoche la tête d'un air découragé.

— As-tu d'autres cousins comme celui-là ? demande-t-elle.

— Non, répond Christophe. Xavier est un spécimen rare.

— Quel petit menteur ! renchérit Mario.

— Hé! Tu prenais pourtant sa défense, l'accuse Christophe. Tu disais que c'était un génie, tu te rappelles? Tu étais bien contente qu'il fasse tes problèmes de maths. Tu le trouvais formidable.

Mario change son sac à dos d'épaule, et tout à coup un sourire illumine son visage.

— C'est vrai, j'oubliais les problèmes de maths, dit-elle. Xavier est peut-être une petite crapule, mais c'est aussi un génie. Je vais avoir un A en maths! ajoute-t-elle avec une exclamation de joie.

— Les gagnants ne trichent jamais, et les tricheurs ne gagnent jamais, marmonne Christophe.

Mario lui donne une poussée amicale.

— Tu as trouvé ça tout seul? Brillant!

— Fiche-moi la paix! grogne Christophe.

Sur ce, il s'engage dans l'allée de sa maison sans même dire au revoir à Mario.

Mario le rappelle deux jours plus tard.

— Ton cousin Xavier est un imbécile! crie-t-elle à tue-tête, au point que Christophe doit éloigner le combiné de son oreille. Tu sais ce qu'il a fait? Le sais-tu?

— Non. Quoi? demande calmement Christophe.

— Il a donné des mauvaises réponses à toutes les questions! s'exclame Mario.

— Pardon?

Christophe n'est pas sûr d'avoir bien entendu. Toutes les réponses du génie seraient fausses?

— Exprès! déclare Mario. Il l'a fait exprès. Il a inventé les réponses, sans même lire les problèmes. Il s'est contenté d'inscrire n'importe quoi.

— Mais pourquoi ? s'étonne Christophe.

— Pourquoi ? Pourquoi ? Parce que c'est Xavier ! crie Mario.

Christophe a la gorge serrée. Pauvre Mario. Elle va couler en maths.

— Quel coup pendable, mesquin ! crie Mario dans le téléphone. Madame Gladu m'a fait venir à son bureau et m'a demandé de lui expliquer mes réponses. Elle voulait savoir comment j'avais pu me fourvoyer à ce point-là dans chacune des équations. Évidemment, je n'ai pas répondu, soupire-t-elle avec dépit. Je suis restée plantée là, la bouche ouverte. J'ai dû baver sur son pupitre !

— Xavier devait se tordre de rire quand on est partis de chez lui, dit Christophe.

— Ce petit morveux a un drôle de sens de l'humour, gémit Mario. Il faut qu'on se venge, Christophe. Il le faut.

— Oui. On devrait, approuve Christophe.

— Il faut sortir le sang de monstre de sa cachette, déclare Mario. Il ne peut pas s'en tirer comme ça !

— Oui. Tu as raison, Mario, répond Christophe sur un ton plus qu'approbateur.

10

Christophe rappelle Mario un peu plus tard, ce soir-là, pour l'informer qu'il a changé d'idée.

— Je ne veux pas me servir du sang de monstre, annonce-t-il.

— Qu'est-ce qui te prend? s'étonne Mario. Xavier le mérite. Tu le sais très bien.

— C'est trop dangereux. Le sang de monstre a fait de Muscade, le hamster, un énorme monstre rugissant. Je ne veux pas voir Xavier se transformer en monstre rugissant.

— Moi non plus! s'exclame Mario. Mais je ne veux pas lui en faire avaler, Christophe. Tout ce que je veux, c'est en glisser une petite quantité dans un de ses mélanges. Il est tellement sûr de lui. Il pense qu'il n'y a rien à son épreuve. J'aimerais bien lui voir la tête, devant une mixture en folie!

Elle termine avec un grand éclat de rire.

«Quel rire diabolique!» songe Christophe.

— Ça va être génial! s'exclame Mario.

— Oublie ça, persiste Christophe. Le sang de

monstre me fait faire des cauchemars presque toutes les nuits. Je ne veux plus voir cette substance, Mario. Plus jamais! S'il te plaît, laisse-la dans sa cachette.

— Mais tu étais d'accord, insiste Mario.

— Je me suis trompé. Ne sors pas le sang de monstre de son placard, Mario. Laisse-le bien en sûreté dans sa boîte... D'accord?

Mario ne répond pas.

— D'accord? répète Christophe. D'accord?

— D'accord, finit par concéder Mario.

— Aujourd'hui, Xavier, on va jouer dehors, annonce Christophe avec fermeté. Il fait trop beau pour qu'on reste enfermés dans ton affreux sous-sol. Compris?

C'est vrai qu'il fait beau et chaud, en ce jeudi après-midi. Les rayons dorés du soleil filtrent à travers les fenêtres poussiéreuses du sous-sol situées près du plafond.

Xavier, derrière sa table de labo, se parle à lui-même tout en rangeant ses bocaux et ses bouteilles de produits chimiques.

— Pas de discussion, renchérit Mario. Même si, Christophe et moi, on doit te traîner par la peau du cou, tu t'en viens dehors!

— Mais j'ai un nouveau mélange à essayer, se lamente Xavier.

— Tu as besoin de prendre du soleil, rétorque Christophe. Regarde comme tu es blême. Tu as l'air d'une souris blanche.

Xavier porte un grand t-shirt olive sur un ample

short brun. Avec ses cheveux blond pâle, ses yeux de fouine et ses dents proéminentes, il a l'air d'un rat déguisé en être humain.

Xavier, qui n'a pas apprécié la description de Christophe, fronce les sourcils.

— D'accord. Je vais aller dehors avec vous, murmure-t-il de mauvaise grâce.

— Bravo! se réjouit Mario.

C'est bien la première fois que Xavier accepte de délaisser son sous-sol.

— Mais avant, je veux boire quelque chose, dit-il en se dirigeant vers l'escalier. Vous voulez de l'orangeade?

— Bonne idée, répond Christophe.

Mario et lui suivent Xavier jusque dans la cuisine.

— Je ne peux pas croire qu'il ait accepté d'aller jouer dehors, dit tout bas Mario. Penses-tu qu'il est malade?

— Peut-être qu'il regrette ses mauvais coups, lui souffle Christophe.

Le téléphone sonne dans la cuisine. Christophe répond, mais c'est un faux numéro et il raccroche. Lui et Mario s'approchent du comptoir.

Aujourd'hui, Mario porte un jean rose, un t-shirt jaune sans manches et des chaussures de sport orange vif.

Xavier a déjà rempli trois verres. Christophe remarque que la boisson est de la même couleur que les chaussures de Mario. Tous les trois avalent goulûment leur orangeade.

— J'avais drôlement soif, dit Xavier.

Christophe ne fait pas attention à l'étrange sourire

du petit garçon. Après tout, Xavier a toujours un drôle de sourire.

— Cette orangeade est très sucrée, fait remarquer Mario avec une grimace. Trop, même. Ça me fait grincer des dents !

— Moi, je la trouve bonne, réplique Xavier en riant.

Après avoir déposé leurs verres dans l'évier, ils sortent par la porte arrière.

Christophe trouve un frisbee rouge sur la véranda et le lance à Mario.

La jeune fille l'attrape, s'élance dans la cour et le renvoie à Christophe.

— Jouons à empêcher Xavier de l'attraper, crie-t-elle.

— Hé ! Pas question ! rouspète Xavier. Lance-le-moi !

Mario lance le frisbee au-dessus de la tête du gamin, en direction de Christophe. Xavier s'étire de toute sa hauteur pour l'attraper, sans succès. Christophe tente de s'en emparer, mais le frisbee lui glisse des mains.

Mario pouffe de rire.

— Qu'est-ce qu'il y a de si drôle ? demande Christophe.

Mario hausse les épaules.

— Je ne sais pas, répond-elle avec un petit rire idiot.

Christophe lance le frisbee à Xavier. Il rebondit sur la poitrine du petit garçon.

« Quel empoté ! se dit Christophe. Rien d'étonnant. Il ne fait jamais de sport. Il est toujours enfermé dans son sous-sol. »

Mario éclate d'un rire aigu, et Christophe lui fait écho.

Xavier ramasse le frisbee et essaie de le lancer à Mario, mais le disque passe bien au-dessus de la tête de la jeune fille et va rebondir contre le mur du garage.

Elle et Christophe s'esclaffent.

Christophe court récupérer le frisbee et l'envoie à Mario d'un coup de revers. Elle n'arrive pas à l'attraper et le frisbee va se nicher dans la haie basse qui borde la cour. Mario, pliée en deux, est incapable de courir après.

Christophe a les joues ruisselantes de larmes. «Qu'est-ce qui m'arrive? se demande-t-il, un peu effrayé tout à coup. Je ne peux pas m'arrêter de rire. Qu'est-ce qui se passe?»

Xavier les regarde tous les deux d'un air satisfait. Il a son fameux sourire!

Christophe rit tellement qu'il en a mal aux côtes.

«Il y a quelque chose qui cloche, se dit-il. Vraiment!»

— Xavier... qu'est-ce... qui nous... fait rire? bredouille-t-il.

Mario s'essuie les yeux en se tordant.

— Pourquoi est-ce qu'on rit comme ça? s'inquiète Christophe.

— Je vous ai donné de ma mixture hilarante, déclare Xavier. J'en ai mis dans l'orangeade.

Christophe renverse la tête en arrière et éclate de nouveau. Quant à Mario, elle s'étouffe à force de rire, mais ça ne l'arrête pas.

«La situation est loin d'être drôle, se dit Christophe. Elle est plutôt inquiétante.» Puis le fou rire le reprend.

— Xavier, on va… rire… comme ça… longtemps ? parvient-il à demander.

— Toujours, probablement ! répond Xavier en les gratifiant de son sourire aux dents proéminentes.

11

Christophe inspire profondément et essaie de retenir son souffle. Mais il éclate si fort qu'il en a mal dans la poitrine.

Rigolant comme une folle, Mario essaie d'attraper Xavier, qui l'évite et galope vers la clôture au fond de la cour.

Christophe secoue vigoureusement la tête dans l'espoir de chasser les effets de la potion. Mais rien à faire. Il continue de ricaner, et les larmes lui inondent le visage.

Mario pourchasse Xavier avec un rire strident.

Christophe part à sa suite, tout essoufflé. «Je n'arrive plus à respirer, constate-t-il. Je ris tellement que je ne peux plus respirer.»

— Xa…viiiier! crie-t-il en hoquetant. Tu dois arrêter ça! Il le faut!

— Je ne sais pas comment, répond calmement le garçon.

Pour toute réaction, Mario et Christophe pouffent d'un grand éclat de rire.

— C'est formidable, non? déclare Xavier tout réjoui. La mixture fonctionne à merveille!

Mario essaie d'attraper Xavier à la gorge, mais il réussit encore une fois à s'esquiver, ce qui fait redoubler les rires de Christophe et de Mario.

Cette dernière tente d'intercepter le gamin avec le frisbee. Mais elle vise de travers et l'objet volant file par-dessus la clôture.

— Hé! Mon frisbee! hurle Xavier.

Christophe et Mario se tordent les boyaux quand, tout à coup, un visage familier surgit de l'autre côté de la clôture.

— Roch! s'écrie Xavier.

Roch dévisage Mario, et ensuite Christophe.

— Regardais-tu dans ma cour? demande-t-il à ce dernier.

Christophe se retient de toutes ses forces, mais un éclat de rire retentissant lui échappe malgré lui.

— Je t'ai pourtant prévenu, la semaine dernière, de ne pas regarder dans ma cour, lui rappelle Roch.

Christophe rigole.

— Roch, rends-moi mon frisbee, gémit Xavier.

Roch saute par-dessus la clôture. Christophe remarque qu'il tient le frisbee dans sa main gauche, mais il le dissimule prestement derrière son dos.

Mario et Christophe rient à gorge déployée. Mario, secouée des pieds à la tête, s'essuie les yeux.

— Rends-moi mon frisbee! insiste Xavier.

Sans faire attention à lui, Roch demande à Mario et à Christophe, le poing serré:

— Qu'est-ce qu'il y a de si tordant?

Mario rigole.

« Si on continue, il va nous assommer », se dit Christophe. Mais c'est plus fort que lui : il laisse éclater un gros rire sonore.

— Hé ! Je veux mon frisbee ! se lamente Xavier.

— Je ne l'ai pas ! ment Roch en cachant toujours sa main gauche derrière son dos.

Christophe, la tête projetée en arrière, éclate encore de rire.

— Oui tu l'as ! Il est derrière ton dos, crie Xavier. Donne-le-moi.

— Et qui va me forcer ? demande Roch d'une voix grave et menaçante.

Christophe pouffe d'un rire haut perché, auquel s'ajoutent les ricanements de Mario.

— Eux ! lance Xavier en réponse à Roch.

Puis, se tournant vers Christophe, il lui dit :

— Oblige-le à me rendre mon frisbee !

Christophe ne trouve rien de mieux à répondre que de rire.

— Qu'est-ce qu'il y a de si tordant ? demande encore une fois Roch.

Mario secoue la tête.

— Rien. Il n'y a rien de drôle, pouffe-t-elle.

— Je n'aime pas qu'on se moque de moi, rétorque Roch.

« Ça va être horrible ! se dit Christophe. Encore un rire, et Roch pourrait exploser. »

Puis il émet un long ricanement d'hyène.

— Je deviens mauvais quand les gens se moquent de moi, le prévient Roch.

Christophe et Mario essaient en vain de se retenir.

— Les gens qui se moquent de moi, il faut que je les frappe! menace Roch.

Pour toute réponse, les deux amis s'esclaffent de plus belle.

Roch se tourne alors vers Xavier et lui demande:

— Qu'est-ce qu'ils ont à rire comme ça?

Xavier hausse les épaules.

— Est-ce que je sais? Ils doivent te trouver drôle.

— Ah! vraiment? hurle Roch avec colère en se tournant vers les deux fautifs. Alors vous me trouvez drôle?

Christophe et Mario se tiennent les côtes, incapables de se ressaisir.

— Donne-moi mon frisbee, s'entête Xavier.

— Tiens. Va le chercher!

Roch lance le frisbee par-dessus la haie. Le disque survole deux cours, puis disparaît dans un bouquet d'arbustes.

Xavier détale pour aller le récupérer.

Pendant ce temps, Roch menace Christophe et Mario:

— Je vais compter jusqu'à trois, grogne-t-il. Et si à trois vous n'arrêtez pas de rire, moi je vais vous faire arrêter!

Il lève les deux poings pour bien leur montrer comment il entend mettre fin à leur rigolade.

— Un...

Christophe ricane, et Mario a beau presser sa main contre sa bouche, elle ne peut pas s'empêcher de glousser.

— Deux... continue Roch, le visage tordu de colère.

«Il faut que je m'arrête, se dit Christophe. Sinon,

je vais avoir de graves ennuis. Très graves.»

Comme il ouvre la bouche, il en sort un énorme éclat de rire.

Mario se bâillonne la bouche à deux mains, ce qui n'empêche pas les petits gloussements de lui sortir par le nez.

Xavier revient en courant.

— Je ne retrouve pas mon frisbee, se lamente-t-il. Quelqu'un doit m'aider. Je ne le trouve nulle part.

Roch se tourne vers lui.

— Tu es sûr de ne pas savoir pourquoi ils se bidonnent comme ça? tonne-t-il.

Xavier hoche la tête.

— Ils m'ont dit qu'ils te trouvaient comique, répond-il. Je suppose que c'est ça qui les fait rire.

«Je n'arrive pas à y croire! songe Christophe, prêt à exploser de colère. Le petit morveux! Comment peut-il nous faire ça?»

Roch se tourne vers eux.

— C'est votre dernière chance.

Puis, prenant une profonde inspiration, il bombe son gros torse athlétique et lance:

— Trois!

Mario pouffe de rire, imitée par Christophe qui ne peut contenir son hilarité.

— Je vous avais prévenus, grogne Roch.

12

Mario téléphone à Christophe ce soir-là pour prendre de ses nouvelles. Christophe doit tenir le combiné loin de son oreille tellement sa tête lui fait mal.

— Je suppose que je vais survivre, marmonne-t-il. Je commence à m'habituer à voir mon visage en compote dans le miroir.

Mario soupire.

— Ton cousin est un imbécile, dit-elle.

— Et toi, comment ça va ? Ça t'a pris combien de temps pour descendre de l'arbre ?

— Quelques heures à peine, ironise faiblement la jeune fille.

Roch s'était vanté de ne jamais frapper une fille. Alors, il a attrapé Mario et l'a juchée en haut d'un arbre.

— Au moins, Roch a mis fin à notre fou rire, s'encourage Christophe. J'en ai encore mal à l'estomac d'avoir tant ri.

— Moi aussi, lui confie Mario. Je ne rirai plus jamais. Jamais! Si quelqu'un me raconte une blague tordante, je vais me contenter de sourire en disant : « Très drôle ».

— Je ne peux pas croire que Xavier nous a fait ça, gémit Christophe.

— Moi, je le crois, réplique sèchement Mario. Xavier ferait n'importe quoi pour nous attirer des ennuis. Il vit pour ça : nous mettre dans le pétrin.

— As-tu entendu rire cette petite souris quand Roch m'a jeté par terre ? demande Christophe.

— N'oublie pas que j'étais perchée dans l'arbre. Mais je pouvais le voir rire !

À l'autre bout du fil, Christophe se tait. Alors Mario dit tout bas, presque dans un murmure :

— Christophe, es-tu prêt à utiliser le sang de monstre contre Xavier ?

— Oh oui ! assure spontanément Christophe, sans même prendre le temps de réfléchir. Je suis prêt.

13

Après l'école, le lendemain après-midi, Christophe et Mario retrouvent Xavier installé derrière sa table de labo, comme si de rien n'était.

— Salut, Xavier ! lance Christophe en déposant son sac à dos, avant de s'approcher de la table.

Xavier ne daigne pas lever les yeux. Il est occupé à remuer des ingrédients dans un grand bol, à l'aide d'une grosse cuillère en bois.

Christophe jette un coup d'œil dans le bol et voit une masse qui ressemble à de la pâte à tarte. C'est épais, collant et jaunâtre.

Xavier brasse son mélange en fredonnant tout bas.

Mario, qui porte un t-shirt sans manches rose criard avec un short jaune vif et des chaussures de sport jaunes assorties, va à côté de Christophe et regarde à son tour dans le bol.

— Tu fais une tarte ? demande-t-elle.

Xavier ne s'occupe pas plus d'elle que de Christophe. Il continue de remuer et de fredonner.

Finalement, il regarde Christophe et lui dit d'un air méprisant :

— J'ai raconté à ma mère que tu avais perdu mon frisbee. Elle dit que tu dois m'en acheter un autre.

— Quoi ? Moi ? s'indigne Christophe.

Mario passe de l'autre côté de la table, va tout près de Xavier et se penche au-dessus du bol.

— Ça sent le citron, dit-elle. Qu'est-ce que c'est, Xavier ? Une sorte de pâte ?

— C'est à cause de toi qu'on a perdu le frisbee, continue Xavier sans s'occuper de Mario. Ma mère dit que tu es un très mauvais gardien.

Christophe rugit de colère. Il serre les poings et fait des efforts surhumains pour ne pas étrangler son cousin.

— Ma mère voulait savoir qui avait bu toute l'orangeade, poursuit Xavier. Je lui ai dit que c'était vous deux.

— Xavier ! tonne Christophe. Hier, tu nous as joué un très vilain tour en mettant des produits chimiques dans l'orangeade ! Tu nous as fait rire jusqu'à ce qu'on en ait des douleurs. Puis tu nous as mis en très mauvaise posture vis-à-vis de Roch ! As-tu dit ça à ta mère ? Le lui as-tu dit ?

Xavier se bouche les oreilles.

— Ne crie pas si fort, Christophe, geint-il. Tu sais que j'ai l'ouïe très sensible.

Un grognement de colère s'échappe de la gorge de Christophe. Il est prêt à exploser de rage.

— J'ai dit à ma mère que tu criais toujours après moi, rajoute Xavier. Et elle dit que tu manques de maturité. Elle te trouve bébé. Si elle te laisse me garder, c'est seulement parce que tu es mon cousin.

Sur ce, la petite peste reprend sa cuillère en bois et se remet à mélanger la mixture pâteuse.

Christophe s'éloigne brusquement, essayant de maîtriser sa colère.

«Je suis content que, Mario et moi, on fasse ce qu'on s'apprête à faire, pense-t-il. Je suis content qu'on fasse une peur à Xavier. Il l'a bien cherché. Maintenant, il va payer.»

Christophe va prendre son sac à dos, tire la fermeture éclair et en sort une tablette de chocolat.

— Miam... Une bonne Choc-o-lait, marmonne-t-il.

Puis il revient vers la table de labo en développant sa friandise.

Debout devant Xavier, il y mord à belles dents.

— Hmmmm... Quel délice!

La tablette de chocolat fait partie du complot que Mario et Christophe ont mis au point.

Christophe sait que la Choc-o-lait est la tablette de chocolat préférée de Xavier, et elle a pour but de le distraire. Pendant que le garçon reluque avidement la friandise et supplie Christophe de lui en donner une bouchée, Mario est censée glisser un petit morceau de sang de monstre dans la mixture.

Christophe mord encore dans la tablette et se pourlèche les babines en faisant tout plein de bruits de mastication.

Xavier lève les yeux sur lui et s'arrête de mélanger la pâte jaunâtre.

— C'est vraiment une Choc-o-lait? demande-t-il.

— Oui, en plein ça, confirme Christophe.

— Ma favorite, ajoute Xavier.

— Je sais, réplique Christophe en prenant une nouvelle bouchée.

Xavier regarde la friandise avec des yeux d'envie.

Mario, à côté de lui, tient un contenant bleu dans sa main. Rien que de voir la boîte de sang de monstre, Christophe est parcouru d'un frisson.

Ça lui rappelle tant de mauvais souvenirs. Tant de cauchemars. La substance visqueuse est tellement redoutable !

— Tu m'en donnes un morceau ? demande Xavier.

Mario soulève le couvercle de la boîte de sang de monstre.

— Peut-être bien que oui, peut-être bien que non, répond Christophe.

Mario plonge deux doigts dans le contenant, puis en ressort un gros morceau de matière verte répugnante.

— S'il te plaît ? implore Xavier.

Mario laisse tomber le sang de monstre dans le grand bol de Xavier. Puis elle referme la boîte en vitesse et la glisse dans son sac.

Christophe prend une autre bouchée de chocolat.

— Tu ne devrais pas t'empiffrer de chocolat si tu n'en as pas assez pour le partager, rouspète Xavier.

— Tu n'as pas été très chic avec moi, lui reproche Christophe. Alors, je ne partage pas.

Xavier se remet à remuer sa pâte en jetant à son cousin des regards furibonds. Il ne remarque pas la substance verte qui se mêle à la pâte jaune.

Christophe mord encore dans la tablette de chocolat. Il ne lui en reste que quelques bouchées.

— Je vais dire à ma mère que tu es mesquin, le

menace Xavier. Je vais lui dire que tu n'as pas voulu partager.

Christophe hoche la tête.

— Tu vois? Tu n'es pas gentil avec moi, Xavier. Si tu l'étais, je te donnerais toute ma tablette de chocolat.

Mario fait un clin d'œil à Christophe, puis baisse le regard sur le bol.

Xavier brasse toujours.

La tension se lit sur le visage de Mario. Elle s'agrippe des deux mains au rebord de la table. Christophe la voit se mordiller la lèvre inférieure.

Il éprouve une lourdeur dans l'estomac en regardant Xavier mélanger le sang de monstre.

« On l'a fait, se dit-il. On a ouvert une nouvelle boîte de sang de monstre. »

Il observe la pâte jaune, qui émet un petit bruit de succion chaque fois que Xavier y plonge la cuillère.

« Que va-t-il se passer, maintenant? » se demande-t-il.

14

Xavier brasse sans relâche la pâte jaune. La grande cuillère en bois racle le bol, et le mélange émet des ploc et des floc à mesure que Xavier tourne.

Mario continue de se mordiller la lèvre, les yeux rivés sur le bol. Ses cheveux bruns lui retombent dans le visage, mais elle ne fait pas le moindre geste pour les remettre en place.

Christophe surveille lui aussi, de l'autre côté de la table. Son cœur commence à faire des bonds dans sa poitrine. Il prend une autre petite bouchée de chocolat.

Il mâche le plus discrètement possible, afin de ne pas distraire Xavier. Il mâche sans quitter le bol des yeux.

Mario et lui sont aux aguets. Ils attendent de voir comment la mixture réagira à la parcelle de sang de monstre. Ils attendent de voir l'air horrifié de Xavier. Ils attendent d'être enfin vengés de ce petit monstre.

Xavier ne semble pas remarquer le silence qui pèse sur le sous-sol.

Farouche, haletant à fendre l'âme, arrive d'un pas lourd. Ses grosses pattes martèlent les carreaux de céramique.

Personne ne s'intéresse à lui.

Le chien a un hoquet, fait demi-tour et repart comme il est venu.

Christophe mord encore dans sa friandise.

Xavier brasse en fredonnant tout bas. La cuillère racle les parois du bol. La pâte clapote contre les bords.

Puis elle déborde un tantinet.

Xavier s'arrête de brasser.

— Bizarre, marmonne-t-il.

Christophe a la gorge serrée.

— Qu'est-ce qui est bizarre ? demande-t-il.

— Ça gonfle, répond Xavier en se grattant la tête. Regarde.

Il pointe la pâte jaune avec la cuillère en bois. La pâte déborde du bol.

— Ça… ça gonfle très vite ! déclare-t-il.

Christophe s'approche de quelques pas. Mario se penche pour mieux voir.

La pâte se soulève, tremblotante, frémissante.

— Oh ! Oh ! s'écrie Xavier. Ce n'est pas ça qui était prévu ! Elle était censée devenir gluante et noire !

Mario fait un clin d'œil à Christophe. Ses yeux bruns pétillent de joie et un sourire illumine son visage.

La boule jaune tressaute au-dessus du bol. Elle a presque atteint la taille d'un ballon de plage. Jusqu'où va-t-elle aller ?

— Hé ! C'est épatant ! s'exclame Xavier.

La pâte continue de trembler et de prendre de

l'expansion. Elle monte, elle monte.

Elle monte bien au-dessus du bol, déborde sur les côtés.

Toujours plus grosse. Toujours plus grosse. Elle va bientôt ressembler à une montgolfière.

— Elle me dépasse! s'étonne Xavier.

Sa voix a changé. Son enthousiasme se transforme lentement en peur.

— Je pense qu'il vaudrait mieux arrêter ça, murmure-t-il.

— Comment? demande Mario.

Elle va rejoindre Christophe de l'autre côté de la table et lui décoche un sourire entendu. Elle se réjouit de voir la frayeur s'inscrire sur le visage de Xavier. Christophe doit admettre qu'il s'en réjouit aussi.

La boule de pâte jaune frémit et tressaille, grossissant à vue d'œil. Elle monte de plus en plus vite. Xavier est bientôt coincé contre le mur.

— Hé! Au secours! bredouille-t-il.

Le sourire de Mario s'élargit.

— Il est terrifié, murmure-t-elle à Christophe.

Christophe fait un signe de tête affirmatif. Il sait qu'il devrait jubiler. Tout cela n'est qu'une douce vengeance.

Mais il est terrifié, lui aussi.

Quelle grosseur va atteindre l'énorme bulle jaune? Pourront-ils l'arrêter? Ou va-t-elle grossir, grossir, grossir jusqu'à remplir tout le sous-sol?

— Christophe! Aide-moi! crie Xavier. Je suis coincé!

La pâte s'agite de plus en plus. Elle frôle maintenant le plafond.

Christophe baisse les yeux et se rend compte qu'il tient encore dans la main un morceau de chocolat, qui a commencé à fondre.

Il enfouit la friandise dans sa bouche, au moment précis où la boule géante explose avec un bruit assourdissant.

15

— Oups !

La force de l'explosion est telle que Christophe avale tout rond son morceau de chocolat.

Étranglé, il tousse à fendre l'âme.

Des lambeaux de pâte jaune poisseuse viennent s'écraser sur son visage avec un gros floc. Il en a plein les cheveux, plein les yeux. Il cligne très fort pour dégager sa vue obstruée.

Dans sa bouche, il sent le goût de la pâte.

— Pouah !

Il crache, se frotte les lèvres, arrache les parcelles collées sur son visage.

— Ça colle à mes cheveux ! gémit Mario.

— Au secours ! Au secours !

Les cris de Xavier semblent venir de très loin. Christophe comprend vite pourquoi : son cousin est enseveli sous un amoncellement de pâte jaune.

Christophe se précipite derrière la table de labo et plonge les mains dans l'amas gluant pour en extirper Xavier.

— Oh ! la la ! Je suis tout étourdi ! s'écrie Xavier.

Il s'appuie contre la table, et ses mains patinent dans la matière visqueuse qui la recouvre.

— Je ne pourrai jamais débarrasser mes cheveux de ce truc-là ! se lamente encore Mario, les deux mains sur la tête. Jamais ! Ça n'était pas censé exploser, dit-elle à l'adresse de Christophe. Seulement gonfler. Il devait y avoir quelque chose dans la pâte qui a fait tout éclater.

Christophe, tout en nettoyant le devant de son t-shirt, balaie du regard le sous-sol. La pâte jaune a tout éclaboussé et dégouline sur les murs. On entend des petits plouf chaque fois qu'une bulle tombe par terre.

— C'était puissant comme explosion ! déclare Xavier.

Ses lunettes sont couvertes de matière jaune. Il les enlève et reluque autour de lui en plissant les yeux. Puis il demande à Mario :

— As-tu mis quelque chose dans le bol ?

— T'occupe pas de ça, lui dit-elle en s'évertuant à débarrasser ses cheveux de la substance gluante.

Xavier, insistant, la tire par le bras.

— Qu'est-ce que c'était ? Qu'est-ce que tu as mis dans mon mélange ?

— Pourquoi veux-tu le savoir ?

— Pour qu'on puisse recommencer ! lance Xavier avec enthousiasme. C'était supersauté !

— Pas question de recommencer ! grommelle Christophe, tout malheureux de constater que leur vengeance n'a pas tourné exactement comme prévu.

En principe, Xavier devrait être en larmes à l'heure qu'il est, ou trembler de terreur. Au lieu de ça, ses yeux pétillent de joie et il a le sourire fendu jusqu'aux oreilles.

« On est de parfaites andouilles ! se dit Christophe, profondément déçu. Xavier a adoré ça ! »

Xavier attrape un linge et se met à nettoyer ses lunettes.

— Quel dégât ! dit-il en regardant la pièce. Christophe, tu vas avoir de gros ennuis quand maman va arriver.

Christophe déglutit avec effort. Il avait oublié sa tante Loulou.

Elle lui a donné une dernière chance de lui prouver qu'il était un bon gardien.

Maintenant, elle va trouver son sous-sol tout éclaboussé d'une matière jaune poisseuse, du plancher au plafond. Et on peut parier que Xavier va tout mettre sur le dos de son cousin.

« Ma tante Loulou va raconter à tout le monde pourquoi elle m'a congédié, et jamais personne ne voudra m'engager comme gardien d'enfants », se désole Christophe.

« Adieu baladeur, pense-t-il à regret. C'est sûr que je n'aurai jamais les moyens de m'en acheter un. »

— C'est ta faute ! lance-t-il rageusement à Mario en pointant vers elle un index accusateur englué de pâte jaune.

— Ma faute ? hurle Mario. C'est toi qui voulais donner une leçon à Xavier.

— Mais c'est toi qui as eu l'idée du sang de monstre, rétorque Christophe sur le même ton.

— Regarde-moi les cheveux ! se lamente Mario. Ils sont tout collés. On dirait que je porte un casque !

Mes cheveux sont complètement abîmés. Une perte totale!

Elle termine sa phrase par un grognement de rage.

Xavier se met à ricaner, puis il ramasse une parcelle de pâte collante.

— Pense vite! crie-t-il à Christophe en lui lançant le projectile, qui va s'écraser sur le devant de son t-shirt.

— Arrête ça, Xavier! lui ordonne Christophe avec hargne.

— Faisons un combat de pâte! propose Xavier, avec un large sourire, en prenant une pleine poignée de matière poisseuse.

— Non! Pas question! Arrête! tonne Christophe en arrachant la boule de pâte de son t-shirt. C'est dangereux. Il faut qu'on nettoie tout ça!

Xavier lui lance une autre boulette de pâte.

En voulant l'esquiver, Christophe glisse sur une grosse flaque de pâte et s'étale de tout son long sur le carrelage. Il atterrit sur le flanc en poussant un gros ouf!

Xavier éclate d'un rire exubérant.

— Touché! lance-t-il. Quel coup!

Mario court aider Christophe à se relever.

— Peut-être qu'on devrait passer l'aspirateur pour enlever tout ça, suggère-t-elle. Xavier, où est-ce que ta mère range l'aspirateur?

— Est-ce que je sais! répond le gamin en haussant les épaules.

Christophe s'appuie sur la table de labo. Ses mains s'enfoncent dans une flaque de pâte, mais il n'y fait pas attention.

Il se sent drôle, tout à coup.

Il sent des picotements dans tout son corps, et il a un peu mal au cœur. Il ferme les yeux dans l'espoir de chasser cette étrange sensation.

Mais les picotements redoublent.

Un sifflement aigu lui agresse les tympans, tandis qu'une douleur se répand dans ses muscles. Son sang bourdonne à ses tempes.

— On pourrait peut-être passer la vadrouille, dit Mario, d'une voix qui semble venir d'un autre monde.

Christophe la voit s'emparer d'une vadrouille et d'un seau rangés contre le mur.

«Ce seau-là est bien trop petit, se dit-il. Et pourquoi prend-elle une si petite vadrouille?»

La pièce se met à tanguer à droite... à gauche.

Christophe cligne plusieurs fois des yeux pour chasser le flou qui trouble sa vision.

Puis son corps se met à vibrer, comme s'il était parcouru d'un courant électrique. Il ferme les yeux et presse ses mains contre ses tempes bourdonnantes.

— Christophe, vas-tu te décider à m'aider?

La voix de Mario est fluette, lointaine.

— Christophe... Christophe... hurle-t-elle.

Quand il ouvre les yeux, il constate que Xavier et Mario le dévisagent. Leur expression a changé. La bouche grande ouverte, ils le regardent avec des yeux écarquillés par la peur et la surprise.

— Qu'est-ce qui se passe? s'étonne Christophe.

Sa voix résonne dans le sous-sol, et les murs de béton lui renvoient ses paroles en écho.

Xavier et Mario lèvent les yeux vers lui. La minuscule vadrouille s'échappe des mains de Mario et tombe avec un petit bruit sec sur la céramique.

« Quelle petite vadrouille ! se dit encore une fois Christophe. Quel petit seau ! »

C'est alors qu'il constate que Mario et Xavier sont tout petits, eux aussi.

Un cri d'étonnement s'échappe de sa gorge.

Tout le monde est si petit. Tout, autour de lui, est minuscule.

Il met un bon moment à comprendre. Mais quand son cerveau s'éclaire enfin, Christophe lance un cri d'horreur.

— Oh ! Non ! NON ! Je grandis. Je deviens de plus en plus grand.

16

Christophe baisse les yeux… et trouve que le plancher est bien loin en bas.

— Mes… jambes, bégaye-t-il.

Mario et Xavier n'ont toujours pas prononcé un mot. Ils ne font que regarder Christophe, la tête levée, le visage déformé par la surprise.

Christophe avale sa salive, avant de s'écrier :

— Qu'est-ce qui se passe ? Je dois mesurer deux mètres cinquante !

Sa voix résonne dans la pièce étriquée.

— Tu… tu es un géant ! proclame Xavier.

Puis il va s'agripper au genou de Christophe.

— Moi aussi ! Moi aussi, Christophe. Fais de moi un géant, tu veux ?

— Fiche-moi la paix ! marmonne Christophe.

Il soulève Xavier sans la moindre difficulté et va l'asseoir sur la table de labo.

— Qu'est-ce que je vais faire ? demande-t-il en se retournant vers Mario. C'est affreux !

— Pas si fort, l'implore Mario en se bouchant les

oreilles. S'il te plaît, Christophe, essaie de murmurer, d'accord?

— Qu'est-ce que je vais faire? répète-t-il sans se soucier de sa demande.

Mario s'efforce de sourire.

— T'enrôler dans une équipe de basket-ball, peut-être?

Christophe serre les poings, des poings énormes.

— Je n'ai pas envie de subir ton sens de l'humour cynique, Mario, lance-t-il.

Les picotements l'assaillent encore une fois, et ses muscles lui font mal. Il constate qu'il continue à grandir.

Il a tout à coup la gorge très sèche. Ses genoux tremblent et s'entrechoquent avec un bruit sourd.

«Pas de panique! s'ordonne-t-il mentalement. Surtout, pas de panique!»

Mais comment ne pas paniquer? Sa tête frôle le plafond.

Xavier se dresse sur la table de labo. Ses chaussures de sport blanches sont maculées de pâte jaune. «On dirait des petites chaussures de poupée», se dit Christophe.

— Moi aussi, je veux être un géant! réclame Xavier. Pourquoi je ne peux pas être un géant?

Christophe baisse les yeux sur son cousin, qui maintenant a vraiment l'air d'une petite souris blanche.

Les picotements se décuplent dans le corps de Christophe. Et la pièce se remet à chavirer.

— Tout ça est ta faute! lance-t-il d'une voix tonitruante à Mario, qui recule contre le mur.

— Hein? Ma faute?

— Toi et ton sang de monstre! J'en... j'en ai avalé!

Mario le regarde, éberluée.

— Comment?

— Quand la mixture de Xavier a explosé, j'étais en train d'avaler mon dernier morceau de chocolat. Je me suis étouffé et la pâte a éclaté dans mon visage. J'ai senti son goût dans ma bouche. J'en avais sur les lèvres. Et... et...

— Et il y avait du sang de monstre dedans! termine Mario, horrifiée. Oh! Christophe, je suis désolée. Vraiment désolée.

Puis son visage s'éclaire.

— Heureusement que le sang de monstre a aussi éclaboussé tes vêtements. Comme ça, ils grandissent avec toi. Quelle chance!

Christophe pousse un soupir d'exaspération.

— Une chance? Tu appelles ça une chance? Et si je n'arrête pas de grandir?

Xavier, toujours debout sur la table, regarde Christophe avec intérêt.

— Tu veux dire que, si je mange un peu de pâte, je deviendrai un géant, moi aussi?

Et joignant le geste à la parole, il attrape une poignée de pâte.

— Je te le défends, Xavier!

D'une chiquenaude Christophe fait voler la pâte que Xavier tient dans sa main. Et du haut de sa taille, il dit à son cousin, d'un air menaçant:

— Je peux t'écraser, Xavier. Je le peux vraiment, tu sais!

— D'accord, d'accord, maugrée Xavier d'une voix tremblante.

76

Il se glisse en bas de la table et va se réfugier derrière Mario.

« Fabuleux ! songe Christophe. Xavier a peur de moi, maintenant. C'est bien la première fois. Après tout, la situation a ses avantages ! »

Son corps vibre et fourmille. Le sifflement dans ses oreilles s'accentue. Il sent qu'il grandit encore un peu.

Il tourne la tête et voit Farouche passer tranquillement. Le gros chien a l'air d'un petit caniche. Il hoquette, puis renifle une flaque de pâte.

— Non, Farouche ! Ne mange pas ça ! hurle Christophe en se penchant pour prendre le chien.

En se voyant soulevé de terre par un être humain géant, Farouche aboie de frayeur. Terrorisé, il essaie de se libérer en battant l'air de ses quatre pattes.

Mais Christophe le cale au creux de son bras et le tient ferme.

Quand le chien s'aperçoit qu'il ne peut pas échapper au géant, ses cris de terreur se transforment en petits cris plaintifs.

— Sors Farouche d'ici, ordonne Christophe à Xavier. Mets-le dehors et empêche-le de rentrer.

Il dépose par terre le chien tremblant de peur, et Xavier obéit sans rouspéter. Rendu au milieu de l'escalier, le petit garçon lance à son cousin :

— Hé ! Tu as guéri le hoquet de Farouche !

« C'est sûrement la frousse qui a chassé son hoquet », se dit Christophe.

Pendant que Xavier entraîne le chien dans l'escalier, le garçon géant apostrophe Mario :

— Je t'avais pourtant dit de laisser le sang de

monstre dans son placard. Regarde de quoi j'ai l'air, maintenant !

Il doit baisser la tête, sinon elle frôlerait le plafond.

— Qui t'a dit d'en ingurgiter ? réplique Mario. Si tu n'avais pas mangé ce chocolat, aussi !

— Ça faisait partie du plan, lui rappelle Christophe avec mauvaise humeur. Quel plan, oui !

Il pousse un soupir amer.

— Évidemment, admet Mario, on ne peut pas dire qu'il a marché comme sur des roulettes.

— Non, en effet ! grogne Christophe. Et maintenant, qu'est-ce qui va m'arriver ? Que vont dire mes parents ?

— Et qu'est-ce que tu vas manger ? renchérit Mario. Tu vas être obligé de prendre seize repas par jour ! Et où est-ce que tu vas dormir ? Et tu ne pourras pas aller à l'école ! Il n'y a pas de pupitre à ta taille. Et qu'est-ce que tu vas porter ? Il va falloir te tailler des t-shirts dans des draps !

— Merci de me réconforter, maugrée Christophe.

Il sent encore des picotements. Puis il sent sa peau s'étirer, ses muscles vibrer. Il pousse une exclamation de surprise quand sa tête cogne le plafond.

Il se penche pour se frictionner la caboche.

— Christophe, tu grandis ! s'écrie Mario.

— Je sais, je sais, grogne l'interpellé.

Le sous-sol a au moins deux mètres soixante-dix de hauteur. C'est donc dire que Christophe, qui doit maintenant se tenir le dos courbé, mesure presque trois mètres.

Un frisson de peur le secoue. Il regarde autour de lui.

— Il faut que je sorte d'ici, dit-il.

Xavier, de retour, reste interloqué.

— Tu as encore grandi ! Je parie que tu pèses près de cent kilos !

— Je n'ai pas le temps de me peser ! lance cyniquement Christophe. Il faut que je sorte d'ici. Je ne peux plus me tenir debout. Je suis tellement grand que…

Il s'interrompt, se sentant grandir encore un brin.

— Je suis trop gros, maintenant ! dit-il apeuré. Je suis coincé ici. Je ne pourrai plus sortir !

17

— Reste calme, lui recommande Mario.

— Calme? Comment veux-tu que je reste calme?
s'écrie Christophe. Je vais passer le reste de ma vie
dans ce sous-sol! Je suis trop gros pour l'escalier!

— Maman n'aimera pas ça, intervient Xavier en
hochant la tête.

— Essaie de monter l'escalier, le presse Mario. Si
tu te dépêches, peut-être que tu pourras passer en
forçant.

Christophe examine l'escalier, qui lui paraît bien
étroit.

— Je... je ne passerai pas, bredouille-t-il, je suis
trop large.

— Voyons donc! On va t'aider, l'encourage Mario.

— Toi, tu pousses et, moi, je tire, propose Xavier
en courant vers l'escalier.

Christophe le suit à pas de géant. Ses chaussures
de sport martèlent les carreaux de céramique à
grands coups sonores. Il courbe les épaules pour ne
pas s'érafler la tête au plafond.

— Essaie de ne pas grandir encore! lui recommande Mario en le suivant de près.

— Précieux conseil! rétorque-t-il avec sarcasme. Tu en as d'autres comme ça?

— Ne te fâche pas, j'essaie seulement de t'aider.

— Tu m'as déjà trop aidé! maugrée Christophe.

Il sent encore de légers picotements et une légère vibration dans ses muscles.

«Oh! non! implore-t-il mentalement. Je ne veux plus grandir!»

Il inspire profondément et retient son souffle. Puis il ferme les yeux et essaie de se concentrer.

— Je crois que tu viens de gagner encore quelques centimètres, Christophe, l'informe Mario. Tu fais mieux de te dépêcher.

— Est-ce que Christophe va devenir aussi gros qu'un éléphant? demande Xavier, arrivé au milieu de l'escalier.

— On ne peut pas dire que tu m'aides, Xavier! Arrête de poser des questions stupides, tu veux?

— Si tu deviens aussi gros qu'un éléphant, vas-tu me promener sur ton dos?

Christophe jette un regard furieux à son cousin et lui dit en imitant un barrissement:

— Sais-tu ce que les éléphants font aux souris?

Puis il lève le pied et fait mine d'écraser une petite bête pour bien faire comprendre à Xavier ce qui l'attend.

Le gamin avale sa salive et ne dit plus rien.

Rendu devant l'escalier, Christophe regarde les marches d'un air perplexe.

— Je n'y arriverai pas, dit-il à Mario. Je suis trop gros.

— Essaie, au moins. Il le faut, Christophe.

Il met le pied sur la première marche, puis s'incline très bas et monte la deuxième.

— Tu y arrives ! s'écrie joyeusement Xavier en observant, du haut de l'escalier, la lente progression de son cousin.

Christophe avance encore. Les marches de bois craquent sous son poids. Il pose la main sur la rampe, qui se casse d'un coup sec.

Il monte deux autres marches.

À un tiers du trajet, il reste coincé. Son corps est tout simplement trop large pour la petite cage d'escalier.

Xavier lui tire les deux mains tandis que Mario le pousse par-derrière. Mais ils n'arrivent plus à le faire avancer.

— Je... je ne peux plus bouger, gémit Christophe, sentant la panique lui serrer la gorge. Je suis coincé. Je n'y arriverai jamais !

C'est alors qu'il sent quelques picotements... et il devine que sa croissance se poursuit.

18

Pendant qu'il grandit, Christophe entend un craquement. Timide d'abord, puis de plus en plus fort. Et très proche.

Il pousse un cri quand le mur, sur sa gauche, commence à s'effriter.

Son corps en expansion a démoli le mur. Pendant que celui-ci se fendille et s'écroule, Christophe inspire profondément et avance de peine et de misère dans l'escalier.

— J'ai réussi ! crie-t-il en se faufilant dans l'embrasure de la porte.

Quelques instants plus tard, il s'extirpe de la porte de la cuisine et se retrouve dans la cour ensoleillée.

Farouche, qui se prélasse allongé contre la clôture, bondit sur ses pattes en voyant apparaître le gigantesque Christophe. Effrayé, il aboie de toutes ses forces et agite furieusement sa queue trapue. Puis il pivote sur lui-même et déguerpit à toute allure.

Xavier et Mario suivent Christophe en poussant des hourras.

— Bravo ! Tu as réussi ! Tu es libre !

— Et maintenant, qu'est-ce que je fais ? leur demande Christophe en se plantant devant eux. J'arrive presque à la hauteur du garage. Jusqu'où ça va aller ?

— Hé ! Regarde, Christophe ! s'exclame Xavier. Je me tiens dans ton ombre !

Aussi longue que celle d'un arbre, l'ombre de Christophe traverse la cour.

— Xavier, laisse-moi tranquille ! le rabroue Christophe. J'ai assez d'embêtements comme ça.

— Peut-être que tu pourrais aller voir un docteur ? suggère Mario.

— Un docteur ? Qu'est-ce qu'un docteur pourrait faire pour moi ?

— Te mettre à la diète ? plaisante Mario.

— Mario, je t'avertis, s'impatiente Christophe en se penchant sur elle d'un air menaçant. Encore une plaisanterie et...

— Bon, bon, ça va ! fait la jeune fille en levant les deux bras, comme pour se protéger. Excuse-moi. J'essayais juste d'alléger l'atmosphère.

— Mais Christophe n'a rien de léger ! carillonne Xavier en croyant faire de l'humour.

Christophe pousse un soupir de rage.

— Je ne pense pas qu'un docteur pourrait m'aider. D'ailleurs, ce serait impossible pour moi d'entrer dans son bureau !

— Mais peut-être que, si on lui apportait la boîte de sang de monstre, continue Mario, il pourrait trouver un antidote. Ou un quelconque remède.

Christophe s'apprête à répondre quand il est

interrompu par des voix criardes qui proviennent de l'autre côté de la clôture, au fond de la cour.

— Assez, Roch! implore une petite fille.

— Oui. Fiche-nous la paix, Roch! crie un garçon.

Christophe traverse la cour en deux enjambées et regarde dans celle de Roch. Il aperçoit le Barbare en train de balancer de gauche à droite un bâton de baseball, forçant deux enfants à reculer contre la clôture.

— Laisse-nous partir! crie la fillette. Pourquoi es-tu si méchant?

Roch balance son bâton en frôlant dangereusement les deux gamins, pour leur faire peur.

Christophe se penche par-dessus la clôture, enveloppant Roch de son ombre géante.

— Tu veux jouer à la balle avec moi, Roch? lance-t-il d'une voix de stentor.

Les deux gamins pivotent sur eux-mêmes et regardent, éberlués, l'énorme Christophe. Il leur faut du temps pour comprendre qu'il s'agit bien d'un être humain.

Alors ils se mettent à crier. Quant à Roch, il ouvre toute grande la bouche, d'où s'échappe un gargouillement étranglé.

— Qu'est-ce que t'en dis, Roch? On s'exerce au bâton?

La voix de Christophe se répercute dans toute la cour. Il passe le bras par-dessus la clôture et arrache le bâton de baseball des mains de Roch.

Les deux gamins s'enfuient à toutes jambes, plongent la tête la première dans la haie et disparaissent dans le lointain.

Christophe s'empare du bâton et le casse en deux, comme si c'était un cure-dents.

Roch, figé sur place, le regarde d'un air incrédule. Il dresse un index tremblant et bredouille :

— Christophe... mais... mais... mais...

Le géant jette les restes du bâton aux pieds de Roch, le forçant à faire un saut en arrière.

— Tu as avalé du sang de monstre ! finit-il par dire. Ce truc vert dégueu. Le truc que le hamster Muscade a mangé l'an dernier. C'est ça, hein ?

Christophe n'a pas envie de se faire remémorer l'épisode de Muscade. La pauvre bête s'était métamorphosée en un animal énorme et brutal après avoir avalé du sang de monstre. Et Muscade était revenu à sa taille normale uniquement parce que le produit était éventé.

Mais le sang de monstre que Christophe a avalé était tout neuf, tout frais.

« Me voilà devenu à mon tour une bête énorme et brutale », pense-t-il avec tristesse.

— Es-tu fou ? Es-tu devenu complètement dingue ? Qu'est-ce qui t'a pris d'avaler du sang de monstre ? s'indigne Roch.

— C'était un accident, répond Christophe.

Roch continue à le dévisager, mais son expression de terreur a disparu. Il éclate de rire.

— Heureusement que ça ne m'est pas arrivé à moi !

— Euh... pourquoi ? demande Christophe.

— Parce que j'ai le vertige ! s'esclaffe Roch. Franchement, Christophe, t'as toujours été une andouille, mais là, t'es une MAXI-andouille !

Christophe émet un grognement de colère et avance

à pas lents. Il va pour enjamber la clôture, mais ne lève pas le pied assez haut. Il l'écrabouille sous son énorme chaussure.

— Hé! s'indigne Roch avant de déguerpir.

Mais Christophe est plus vite que lui. Il l'attrape sous les aisselles et le soulève comme une plume.

— Hé! Lâche-moi! Lâche-moi! hurle Roch en agitant les bras et les jambes comme un bébé.

— Je ne savais pas que tu avais le vertige, dit Christophe.

Et, tenant Roch à deux mains, il le soulève haut dans les airs.

— Lâche-moi! Lâche-moi! crie le gros costaud. Qu'est-ce que tu vas faire?

— On va voir si tu sais voler! s'exclame Christophe.

— Noooonn!

Le cri de Roch remplit toute la cour. Il se débat comme un diable, pédalant et gesticulant pendant que Christophe le soulève encore plus haut.

— Dépose-moi! hurle-t-il. Dépose-moi!

— Très bien, consent Christophe. Je vais te déposer.

Et il l'assoit sur une haute branche.

Tremblant de tous ses membres, Roch s'agrippe désespérément au tronc en braillant.

— Christophe, ne me laisse pas ici! S'il te plaît! Je te l'ai dit, j'ai le vertige! Christophe, reviens!

Christophe se détourne de Roch avec un sourire radieux.

— On s'amuse, non? lance-t-il à ses amis.

En haut de son perchoir, Roch continue à geindre et à larmoyer, pendant que Christophe s'en va vers l'avant de la maison.

— *Cool* ! dit-il en souriant toujours d'un air satis-fait. C'était *supercool* !

— Où vas-tu ? lui crie Mario.

— Ben oui, qu'est-ce que tu fais, maintenant ? demande à son tour Xavier, toujours aussi curieux.

— C'était assez sympa ! déclare Christophe, dont l'humeur est plus radieuse depuis qu'il s'est vengé de Roch. Allons voir si on ne pourrait pas faire d'autres bons coups ailleurs.

— Youpi ! s'écrie Xavier en courant dans les traces de son énorme cousin.

Christophe se dirige vers la rue tout en penchant la tête pour éviter les branches basses.

Tout à coup, il s'arrête net et pousse un cri. Il vient de marcher sur quelque chose. Sous son énorme chaussure, il entend un craquement, puis un bruit de chose broyée.

Il se tourne vers son cousin qui s'exclame, les mains sur les joues :

— Oh ! Non ! Tu as écrasé Mario. Christophe, tu as écrasé Mario !

19

Christophe s'étouffe presque et soulève vite son pied.

— Je t'ai eu! fait Xavier en éclatant d'un petit rire pointu.

Mario arrive en courant, furieuse.

— Ce n'est pas drôle, Xavier. C'était une blague stupide. Christophe a failli mourir de peur.

— Je sais, répond le petit génie en riant, fier de lui.

Christophe pousse un soupir de soulagement et se penche pour voir ce qu'il a écrasé. La planche à roulettes de Xavier gît dans l'herbe, en miettes. Christophe se tourne vers son cousin avec colère.

— Arrête tes blagues stupides, ordonne-t-il. Sinon, tu vas te retrouver dans l'arbre avec Roch.

— D'accord, d'accord. Tu te crois le plus fort parce que tu es grand.

— Prends garde, Xavier, le prévient Christophe en lui montrant le pouce. Je peux t'écraser d'un seul doigt.

— Roch continue à crier au secours, fait remarquer Mario.

Christophe se contente de sourire.

— Allons voir ce qui se passe au terrain de jeu, dit-il. Peut-être qu'on pourrait aller surprendre quelqu'un d'autre.

Il traverse la rue à grandes enjambées. Il a l'impression de marcher sur des échasses.

«C'est extraordinaire! se dit-il. Je suis l'être le plus grand du monde!»

En passant devant un anneau de basket-ball, fixé à un poteau près du trottoir, il constate qu'il le dépasse de presque deux mètres.

— Hé! Attends! lui crie Mario hors d'haleine. Ne marche pas si vite!

— Je ne peux pas faire autrement!

Une petite voiture bleue qui passe dans la rue s'arrête brusquement avec un crissement de pneus. À l'intérieur, une femme et deux enfants dévisagent Christophe.

Une petite fille à bicyclette tourne le coin de la rue et pédale dans sa direction. En apercevant le géant, elle freine si brutalement qu'elle culbute presque par-dessus le guidon. Puis elle fait un tête-à-queue et disparaît en sens inverse.

Christophe éclate de rire.

Juste comme il s'apprête à traverser une rue, une autre voiture freine en faisant grincer les pneus. Il se retourne pour voir qui est à l'intérieur et oublie de regarder où il va.

Un énorme crac le fait s'arrêter.

Estomaqué, il baisse les yeux… pour s'apercevoir

qu'il vient de mettre le pied sur une voiture.

— Oh non! s'exclame-t-il.

Sa chaussure a écrasé le toit de la voiture, comme s'il s'agissait d'une simple feuille d'aluminium.

Horrifié, il recule. Y a-t-il quelqu'un à l'intérieur?

Il s'agenouille pour regarder par la fenêtre et pousse un ouf! de soulagement en constatant que la voiture est vide.

— Oh! la la! s'exclame Xavier en tournant autour de la voiture amochée. Tu dois peser au moins une tonne, Christophe!

Mario s'approche à côté de son ami, toujours à genoux.

— Fais attention, lui dit-elle. Tu dois prendre garde où tu mets les pieds!

Christophe fait signe que oui.

— Au moins, je pense que j'ai cessé de grandir, lui fait-il remarquer du haut de sa grande taille.

En approchant du terrain de jeu, Christophe aperçoit des enfants qui crient et pointent fébrilement du doigt un érable au coin de la rue. Intrigué, il se demande ce qui se passe.

Il s'avance un peu, et comprend aussitôt la situation: leur cerf-volant est coincé dans l'arbre.

— Hé! Pas de problème, déclare-t-il.

Les jeunes se mettent à hurler de surprise en le voyant venir. Ils reculent tous, la mine effrayée.

Christophe déloge adroitement le cerf-volant de la branche, puis il incline sa haute stature et le tend délicatement à l'enfant le plus proche.

— Merci bien! lance le petit garçon, un grand sourire égayant son visage criblé de taches de rousseur.

Tous les autres crient des hourras, et Christophe fait un grand salut.

Mario éclate de rire et lance à son ami :

— Avec une cape rouge et des collants bleus, tu serais Super-Christophe !

— Super-Christophe ! crient les enfants en s'éloignant joyeusement avec leur cerf-volant.

Christophe se penche pour dire à Mario :

— Si je reste aussi grand, penses-tu que je pourrais trouver un emploi de superhéros ?

— Je ne pense pas que ce soit très payant, intervient Xavier. Dans les bandes dessinées, les héros ne reçoivent jamais de salaire.

Ils traversent la rue et se dirigent vers le terrain de jeu. En passant, Christophe regarde son école, au coin de la rue. Il trouve l'immeuble de brique rouge bien petit.

Il constate soudain qu'il est aussi grand qu'un édifice de deux étages. S'il allait tout près de l'école, il pourrait regarder par les fenêtres des classes du deuxième étage.

« Comment est-ce que je vais pouvoir aller à l'école ? se demande-t-il. Je ne pourrai même pas passer par la porte. Et je ne pourrai plus entrer dans la classe de madame Gladu. »

Envahi par une vague de tristesse, il se détourne de son école.

Des hourras et des cris attirent son attention : une partie de balle molle est en cours.

Il reconnaît, entre autres, Benoît Drapeau et Bruno Chartrand. Chaque fois qu'il a voulu jouer avec eux, il a dû les supplier. Ils ne voulaient pas de lui dans leur équipe, parce qu'il n'est pas un très bon frappeur.

Il traverse la pelouse jusqu'à eux, d'un pas non-chalant. Mario et Xavier trottent toujours derrière lui.

Bruno s'apprête à lancer, mais il s'arrête net en l'apercevant et laisse tomber la balle, qui rebondit sur le sol.

Les joueurs des deux équipes en ont le souffle coupé et se mettent à crier.

Christophe se dirige à pas lents vers Bruno au monticule du lanceur. À mesure qu'il avance, les yeux de Bruno s'agrandissent de peur. Il lève les mains comme pour se protéger.

— Ne me fais pas mal! implore-t-il.

— Hé! C'est Christophe! s'écrie Benoît. Regardez, les gars! C'est Christophe!

Les joueurs des deux équipes se rassemblent. On entend des murmures de nervosité, de fébrilité.

Bruno baisse lentement les mains et lève les yeux vers le géant.

— Mais oui, c'est bien toi, Christophe. Comment as-tu fait ça?

— Qu'est-ce qui t'est arrivé? crie quelqu'un d'autre.

— Il a fait de l'exercice! lance Mario.

Tout le monde rit, mais d'un rire tendu.

«Mario a toujours le mot pour rire», se dit Christophe.

— Euh… tu veux jouer? demande Bruno. Tu peux faire partie de mon équipe.

— Non. De la mienne! insiste Benoît.

— Pas question! Il est dans la mienne! crie Bruno. On est à court de joueurs, l'as-tu oublié?

— Ne prononce pas le mot «court» devant Christophe, plaisante Mario.

Tout le monde s'esclaffe.

Bruno et Benoît continuent à se disputer pour savoir à quelle équipe se joindra Christophe. Celui-ci observe la scène avec amusement. Il prend un bâton, qui lui semble aussi léger qu'un crayon.

Finalement, c'est Benoît qui gagne.

— Tu peux frapper maintenant, annonce-t-il à Christophe en lui faisant un grand sourire, la tête levée vers lui.

— Comment lancer contre lui? se plaint Bruno. C'est un géant!

— Tu n'as qu'à lancer très haut, lui conseille Christophe.

— Christophe, est-ce que tes parents savent que tu as grandi comme ça? demande Benoît en se dirigeant vers le marbre.

Christophe a tout à coup la gorge serrée. Il avait oublié ses parents. Ils ne seront sûrement pas enchantés de cette situation. Comment leur apprendre la nouvelle?

«Ouais, ce ne sera pas nécessaire, se dit-il aussitôt. Ils verront bien par eux-mêmes!»

Il s'installe au marbre et balance le bâton sur son épaule.

— Dommage qu'on n'ait pas un plus gros bâton, marmonne-t-il. Celui-ci est à peine plus gros qu'une paille.

— Frappe un coup sûr! crie Benoît, derrière le receveur.

— Frappe un coup sûr, Christophe! lui lancent d'autres joueurs.

La première balle lancée par Bruno vole à la hauteur des chevilles de Christophe.

— Plus haut ! lui crie le géant. Il faut que tu lances plus haut.

— J'essaie ! grogne Bruno.

Il projette la balle en arrière et lance de nouveau. Cette fois, elle passe au-dessus des genoux de Christophe.

— C'est dur de lancer à cette hauteur, se plaint Bruno. Ce n'est pas juste.

— Retire-le au bâton, Bruno ! crie le premier-but. C'est facile. Christophe se fait toujours retirer !

« C'est vrai, se dit tristement Christophe. On me retire tout le temps. »

Il agrippe fermement le petit bâton et le tient au-dessus de son épaule. Il se demande soudain si sa grande taille fera une différence.

Peut-être qu'il aura seulement de plus gros retraits !

Le lancer suivant de Bruno est encore plus haut. Christophe frappe de toutes ses forces. Le bâton cogne la balle avec un bruit retentissant… et se casse en deux.

La balle vole très haut dans les airs. Elle quitte le terrain de jeu, passe au-dessus de l'école, puis disparaît un pâté de maisons plus loin.

Dans le champ intérieur, les cris et les acclamations déferlent.

Christophe regarde la balle se volatiliser, puis il saute de joie et s'élance autour des buts. C'est le plus long coup de circuit jamais vu !

Il atteint le premier but en quatre enjambées. À

peine est-il au deuxième qu'il entend des sirènes.

Il jette un œil en direction de la rue et aperçoit deux voitures de pompiers qui tournent le coin en hurlant. Les véhicules roulent sur la pelouse et s'approchent du losange au son strident des sirènes.

Christophe s'arrête au troisième but.

Les sirènes se taisent et les deux véhicules s'immobilisent avec un dérapage contrôlé le long de la ligne extérieure du premier but.

Christophe reste bouche bée en voyant Roch Barbieri sortir de la première voiture, suivi de pompiers en uniforme.

— Le voilà! s'écrie Roch en le pointant furieusement du doigt. C'est lui! Attrapez-le!

20

Des pompiers à l'air sévère commencent à dérouler leurs gros tuyaux, pendant que d'autres se dirigent vers Christophe en brandissant leur hache.

— C'est lui! hurle Roch. C'est lui qui m'a perché dans un arbre et qui a démoli la clôture de mes parents.

Christophe, qui n'a pas bougé du troisième but, reste éberlué, se demandant si tout ça est vrai.

Des cris de surprise fusent de toutes parts sur le terrain. Mais les bruits de voix sont bientôt couverts par d'autres sirènes.

Christophe aperçoit des gyrophares, puis deux voitures de police traversent la pelouse en trombe et freinent avec de grands crissements de pneus derrière les voitures de pompiers.

Un homme et une femme arrivent en courant derrière les voitures de police.

— C'est lui! crient-ils en pointant Christophe du doigt. C'est lui qui a écrasé la voiture. On l'a vu!

Les pompiers sont occupés à brancher les tuyaux

à la borne-fontaine en bordure du trottoir, pendant que des policiers en uniforme bleu accourent vers le terrain. Les joueurs des deux équipes se rassemblent sur le monticule du lanceur. Ils ont tous l'air ahuris et effrayés.

— Il a voulu me tuer! crie Roch à une policière. Ce géant m'a juché dans un arbre et m'a abandonné là!

— Il a démoli une voiture! hurle une femme.

Christophe n'a toujours pas bougé. Son regard passe des voitures de pompiers à Mario et Xavier, qui se tiennent près du grillage derrière le receveur.

Xavier affiche son sourire stupide. Mario, les mains en porte-voix, crie quelque chose à Christophe. Mais il ne peut pas l'entendre à cause du vacarme des sirènes et des cris qui montent du terrain de jeu.

Un petit groupe de policiers et de pompiers discutent avec animation, tout en jetant des coups d'œil à Christophe.

« Qu'est-ce qu'ils vont me faire ? se demande ce dernier, glacé par la peur. Est-ce que je devrais m'enfuir ? Ou essayer de m'expliquer ? »

D'autres gens affluent vers le terrain de jeu. Dès qu'ils aperçoivent Christophe, une expression de surprise et d'étonnement s'inscrit sur leur visage.

« Tout le monde me regarde, constate Christophe. Tout le monde me pointe du doigt comme si j'étais un phénomène. »

Après quelques instants de réflexion, il doit bien admettre qu'il est en effet un phénomène.

Des pompiers, tenant leur hache à la hauteur de la taille, forment un cordon, tandis que certains de leurs camarades s'affairent à ajuster les tuyaux, qu'ils braquent ensuite sur la poitrine de Christophe.

On entend encore des sirènes. Et voilà que d'autres voitures de police roulent vers le terrain de jeu.

Un jeune officier, avec des cheveux roux ondulés et une moustache rousse, s'approche de Christophe et lui crie en détachant les mots comme s'il craignait qu'il ne comprenne pas le français :

— Quel... est... ton... nom ?

— Christophe. Christophe Pépin, répond l'interpellé.

— Viens-tu d'une autre planète ?

— Hein ? s'étonne Christophe, qui ne peut s'empêcher de pouffer de rire.

Quelques-uns des joueurs lui font écho.

— J'habite ici, tout près, sur la rue Dupré, crie-t-il à l'officier.

Il voit des policiers et des pompiers se boucher les oreilles tant sa voix est forte. Il fait un pas dans leur direction.

Aussitôt, les pompiers réajustent leurs tuyaux et redressent leurs haches, prêts à toute éventualité.

— Il est dangereux ! hurle Roch. Faites attention ! Il est très dangereux !

Tout le monde se met à crier et à hurler.

Le terrain de jeu fourmille de gens du voisinage, jeunes et vieux. Des voitures s'arrêtent et des curieux viennent voir ce qui se passe.

D'autres voitures de police arrivent, mêlant le hurlement de leurs sirènes au bruit étourdissant, aux cris, aux murmures effrayés.

Christophe commence à se sentir étourdi par le

bruit, les regards fixés sur lui et les doigts pointés dans sa direction.

Il a les jambes tremblantes. Le sang bat à ses tempes.

Les policiers, alignés, commencent à l'encercler. Voyant le cercle se resserrer, Christophe explose malgré lui.

— Assez ! crie-t-il en brandissant les poings. Arrêtez ! Arrêtez ! Allez-vous-en ! Laissez-moi tranquille ! Je vous préviens !

Les sirènes se taisent. Les voix aussi. C'est le silence.

Et, tout à coup, Christophe entend l'officier aux cheveux roux lancer :

— Il devient violent. Il faut l'abattre !

21

Christophe n'a pas eu le temps d'avoir peur.

Les tuyaux d'incendie se sont mis à chuinter et à gargouiller, puis à cracher d'énormes jets d'eau.

D'un mouvement vif Christophe se penche pour esquiver un jet menaçant, dont la force soulève des mottes de terre tout près de lui.

Il se rue de l'autre côté.

« Quelle force ! se dit-il, horrifié. Ces jets d'eau sont capables de m'assommer ! »

Des cris effrayés s'élèvent au-dessus du grondement de l'eau.

Christophe fonce dans le cordon de policiers et se met à courir à toutes jambes.

— Ne tirez pas ! hurle-t-il sans être sûr qu'ils peuvent l'entendre. Ne me tuez pas ! Je ne viens pas d'une autre planète ! Je suis juste un garçon ordinaire !

Il file à toute vitesse devant des curieux interloqués.

Une grande échelle lui barre la route. Il s'arrête, regarde en arrière.

Les pompiers déplacent les jets d'eau, qui décrivent de grands arcs dans les airs. Des trombes d'eau viennent s'écraser avec un bruit de tonnerre juste derrière le fuyard.

Enfants et adultes courent en tous sens. Des expressions affolées s'inscrivent sur tous les visages.

Christophe inspire profondément, fléchit les genoux et saute par-dessus la voiture de pompiers qui se trouve sur son chemin.

Derrière lui, il entend des cris de surprise. Il a sauté très haut par-dessus le véhicule et retombe lourdement de l'autre côté, un peu chancelant. Mais il reprend vite son équilibre.

Penché en avant, les bras tendus devant lui, il court.

Ses longues jambes le transportent rapidement. Comme il arrive en bordure de la rue, il se penche juste à temps pour éviter une branche basse surgie d'on ne sait où.

Malgré quelques égratignures au front, il poursuit sa course. «Attention aux branches d'arbres, Christophe, se dit-il. N'oublie pas que tu es aussi haut qu'un immeuble de deux étages.»

Il traverse la rue en haletant. Le soleil de fin d'après-midi descend lentement derrière les arbres. Les ombres s'allongent. La sienne a l'air de s'étirer sur un kilomètre devant lui.

Il entend par saccades le hurlement des sirènes derrière lui. Il entend aussi des cris furieux, le bruit des pas de ses poursuivants.

«Où me cacher? se demande-t-il. Où est-ce que je serais en sécurité? À la maison? Non. C'est le premier endroit où iront les policiers. Où? Où?»

Il a du mal à réfléchir intelligemment! Il sait qu'ils ne sont pas loin derrière. Ils le traquent, le pourchassent dans l'espoir de l'abattre.

Si seulement il pouvait s'arrêter quelque part, fermer les yeux, faire taire tout ce tumulte et réfléchir. Alors, peut-être qu'il pourrait élaborer un plan.

Mais il sait bien qu'il ne peut pas s'arrêter.

Il a mal à la tête. Il éprouve des douleurs dans la poitrine.

Ses longues jambes l'entraînent à toute vitesse loin du terrain de jeu, mais il se sent maladroit : ses pieds sont tellement éloignés de sa tête qui, elle, est à la hauteur des branches d'arbres.

«Je vais me cacher chez Xavier», pense-t-il, puis il se ravise aussitôt, jugeant que ce n'est pas une bonne idée.

— Je ne peux même pas entrer chez lui! s'écrie-t-il tout haut. Je suis trop grand!

Et soudain, une pensée l'effraie : «Mais je ne peux entrer dans aucune maison! Où est-ce que je vais dormir? Est-ce qu'on va me laisser dormir?» Malheureux, il se demande pourquoi les policiers ne voient pas qu'il n'est qu'un garçon.

Il continue d'errer un certain temps, avant de s'apercevoir que le soir commence à tomber. Il tourne un coin de rue et se rend compte qu'il est devant sa maison. Il n'y a pas de lumière, la porte est fermée, et il n'y a pas de voiture garée dans l'allée. Donc, ses parents ne sont pas encore rentrés.

Il file toujours. Il traverse des cours, presque accroupi, essayant de se dissimuler derrière les buissons et les haies.

«Ils ne voient donc pas que je suis un garçon, et pas un extraterrestre? Pourquoi pensent-ils que je suis dangereux?»

Puis il se rend compte que c'est Roch, le responsable de tout ça. C'est lui qui a ameuté les policiers et les pompiers avec ses histoires à dormir debout.

Ses histoires stupides... et vraies, malheureusement!

Mais où donc pourrait-il aller? Où se cacher?

En approchant de chez Xavier, il a soudain une idée. À deux portes de là, on a déblayé un terrain vague et empilé, au fond, du bois de construction pour y bâtir une maison.

Haletant et suant à grosses gouttes, il bifurque et part dans cette direction. Il fonce vers la pile de bois, où il s'arrête enfin.

Il se laisse tomber sur les genoux et s'appuie contre les planches en essayant de reprendre son souffle. Il essuie son front ruisselant de sueur sur la manche de son t-shirt.

«Je vais me cacher ici un bout de temps, se dit-il en s'assoyant. Dans cette position, les épaules courbées, je suis bien dissimulé derrière la pile de bois et on ne peut pas me voir de la rue. Et je peux surveiller la maison de Xavier. Oui, c'est une bonne cachette. Quand il fera complètement noir, je me faufilerai jusque chez moi et j'expliquerai à mes parents ce qui est arrivé.»

Adossé aux madriers, il ferme les yeux. Mais à peine commence-t-il à se détendre qu'il entend une voix crier:

— Je l'ai trouvé!

22

Christophe ouvre brusquement les yeux.

Il essaie de se relever, puis voit qui a crié.

— Xavier! lance-t-il d'une voix furieuse. Tu as failli me faire mourir de peur!

Xavier le regarde, tout en lui faisant l'honneur de son agaçant petit sourire.

— Je savais que tu serais ici, se vante-t-il. Je suis brillant, hein?

Puis, se retournant, il lance derrière lui :

— Il est ici. J'avais raison!

Quelques instants plus tard, Mario se pointe prudemment la tête derrière la pile de bois. Elle observe Christophe un moment, puis un grand sourire éclaire son visage.

— Tu vas bien? J'étais tellement inquiète...

— Ouais, ça va... pour l'instant, répond amèrement Christophe.

— Toute la ville est après toi! s'exclame Xavier. C'est architripant! On se croirait dans un film!

— Mais je ne veux pas être dans un film! ronchonne Christophe. Surtout que celui-là est un film d'horreur!

— Ils ont des fusils et tout! continue Xavier avec enthousiasme sans se soucier des jérémiades de Christophe. Et t'as vu les tuyaux d'incendie? C'est incroyable! Ils veulent tous t'attraper!

— Ils te prennent pour un extraterrestre, ajoute Mario en secouant la tête.

— Et qui leur a dit ça? Roch? demande Christophe sur un ton amer.

— Roch leur a fait croire que tu étais très dangereux, explique Xavier avec son sempiternel sourire qui fait tant rager Christophe.

— Et je le suis, aussi! déclare-t-il en menaçant Xavier d'un grognement.

Le grognement a produit son effet et chassé du visage de Xavier le petit sourire narquois.

— Qu'est-ce que je vais faire? demande Christophe en s'adressant à Mario. Je ne peux pas continuer toute ma vie à fuir et à me cacher. Ils vont m'attraper. Si vous m'avez trouvé, les policiers vont me trouver aussi.

Il pousse un long soupir de peur, puis continue:

— Je ne peux me cacher nulle part. Je suis trop gros! Qu'est-ce que je vais faire? Hein?

Mario se gratte le bras, l'air songeur. Elle réfléchit.

Et tout à coup, Christophe sait exactement quoi faire. C'est en regardant Mario qu'il a trouvé.

23

Christophe saute sur ses pieds, le cœur battant. Pour la première fois depuis des heures, un grand sourire égaie son visage.

— Christophe, qu'est-ce qui te prend ? lui demande Mario en sursautant de surprise.

— Je sais ce qu'on peut faire ! clame-t-il. Tout va rentrer dans l'ordre.

— Baisse-toi ! crie Xavier. J'entends des sirènes. On va te voir.

Dans son énervement, Christophe avait oublié qu'il dépassait la pile de bois. Il s'agenouille, mais même à genoux, il est beaucoup plus grand que Xavier et Mario.

Les sirènes se font plus stridentes, plus proches.

Christophe regarde autour de lui. Le soleil a disparu derrière les arbres. Il fait de plus en plus sombre et l'air se rafraîchit.

— On doit se dépêcher, leur dit Christophe.

Et, posant la main sur l'épaule frêle de son cousin, il ajoute :

— Xavier, il faut que tu m'aides.

107

Derrière les lunettes, les petits yeux de souris de Xavier s'écarquillent.

— Moi? Qu'est-ce que je peux faire?

— La mixture bleue, lui dit Christophe en lui tenant toujours l'épaule. Tu te souviens du mélange bleu?

— Le… quel? bredouille Xavier.

— Celui qui a fait disparaître ma piqûre de maringouin! carillonne Mario, qui vient de comprendre.

— C'est ça. En voyant Mario se gratter le bras, je me suis rappelé que ton mélange avait réduit instantanément sa piqûre de maringouin.

— Alors, peut-être qu'il pourra réduire la taille de Christophe! conclut Mario avec enthousiasme.

Xavier acquiesce, avec un air de profonde cogitation.

— Oui, peut-être.

— Je vais m'en frotter tout le corps et je reviendrai à ma taille normale, dit joyeusement Christophe.

— Ça va marcher! Je suis sûre que ça va marcher! renchérit Mario, avec enthousiasme, en poussant des cris de joie et en sautant en l'air.

Puis elle tire Xavier par la manche.

— Viens. Dépêche-toi! On va aller dans ton laboratoire. Tu as encore de la mixture bleue, hein?

Xavier plisse les yeux, essayant de se rappeler.

— Je pense que oui. C'est sûr que plein de choses ont été détruites, mais je pense qu'il m'en reste.

— Il faut qu'il en reste! s'écrie Christophe. Il le faut!

Puis il se lève et les presse de partir.

— Vite! Dépêchons-nous.

Ils entendent les sirènes, qui semblent se rappro-
cher dangereusement.

Xavier jette un œil du côté de la rue.

— Une voiture de police! murmure-t-il. Ils pa-
trouillent par ici.

— Tu ferais mieux de rester ici, Christophe, lui
conseille Mario.

Christophe secoue la tête.

— Pas question. Je vais avec vous. Il me faut la
mixture bleue le plus vite possible.

Puis, en inclinant la tête, il suggère:

— Passons par les cours. Personne ne nous verra.

— Mais… Christophe… proteste Mario.

Elle se tait en voyant Christophe s'élancer à grandes foulées vers la maison de Xavier.

Farouche les accueille dans l'allée. Il aboie joyeusement et saute sur Xavier, au risque de le jeter par terre.

— Chut… Tais-toi, mon chien. Tais-toi, ordonne
Xavier en caressant son chien et en essayant de le
calmer. Il ne faut pas qu'on nous entende.

En apercevant Christophe, Farouche devient très
silencieux. Haletant, il rampe le long de l'allée en jetant des regards perplexes au garçon géant et en
battant furieusement de la queue.

Christophe regarde dans l'allée et ne voit pas de
voiture.

— Ta mère n'est pas encore rentrée, fait-il remarquer à Xavier.

— Elle doit travailler tard. Bonne nouvelle, hein?
C'est notre jour de chance!

— Oui, notre jour de chance! marmonne Christophe avec un rire amer.

Xavier et Mario courent vers la porte de la cuisine. Christophe s'apprête à les suivre quand, tout à coup, il se rappelle qu'il ne peut pas entrer dans la maison à cause de sa taille.

— Attends-nous ici, lui recommande Mario. Fais attention qu'on ne te voie pas.

— D'accord. Mais faites vite, s'il vous plaît !

Christophe les regarde s'engouffrer dans la maison, puis il s'assoit dans la cour et fait signe à Farouche de s'approcher. Il a besoin de sentir une présence près de lui.

Mais le gros chien le regarde sans oser bouger.

« Toute la ville est à mes trousses, se désole Christophe. Tout le monde recherche le géant que je suis. Mais ils ne trouveront jamais ce géant. Parce que, dans quelques secondes, je retrouverai ma taille normale. Et tout va redevenir comme avant. »

Il lève les yeux vers la maison et s'impatiente. Pourquoi Mario et Xavier prennent-ils autant de temps ? Serait-ce parce qu'ils ne trouvent pas la bouteille de liquide bleu ?

Il prend une profonde inspiration et se force à rester calme. Après tout, ça fait seulement quelques secondes qu'ils sont entrés dans la maison. Ils vont revenir bientôt, et tout ira bien.

Pour passer le temps, il compte lentement jusqu'à dix. Puis il recommence.

Il est sur le point de répéter l'exercice pour la troisième fois quand la porte grillagée s'ouvre. Xavier apparaît, tenant le liquide bleu à la main. Mario est sur ses talons.

— Je l'ai trouvé ! s'exclame joyeusement Xavier.

Christophe se redresse sur les genoux et s'empresse d'attraper la bouteille.

— Vite! Donne-la-moi! ordonne-t-il à Xavier.

Xavier lui tend la bouteille et Christophe s'en empare. Mais elle lui glisse des mains.

— Ohhh! marmonne-t-il d'un air horrifié.

Heureusement, il parvient à la rattraper avant qu'elle aille s'écraser par terre dans l'allée.

— Ouf! Bien joué! s'écrie Xavier.

Christophe a l'impression que son cœur remonte dans sa gorge. Il inspire profondément, et tient la bouteille bien serrée. Elle est si petite: on dirait un objet de maison de poupée.

Au loin, on entend des sirènes. On est toujours à la recherche du géant Christophe.

— J'espère… j'espère que ça va marcher, dit-il fébrilement.

D'une main il soulève la bouteille, la renverse au-dessus de son autre main et attend… attend…

Enfin, une minuscule goutte de liquide bleu tombe dans sa paume.

C'est tout!

Il secoue la bouteille, encore et encore, comme on secoue une bouteille de sauce tomate, quand la sauce est prise au fond.

Puis il la lève à la hauteur de ses yeux et regarde à l'intérieur.

Au bout d'un instant, il pousse un long soupir de tristesse, puis lance la bouteille sur la pelouse d'un air dégoûté.

— Elle est vide, dit-il. Complètement vide.

24

— Je savais qu'il n'en restait pas beaucoup, murmure Xavier en secouant la tête.

La bouteille roule dans un bosquet. Farouche se précipite pour la renifler.

— Je suis perdu, marmonne Christophe.

Oubliant sa force, il donne un coup de pied sur un caillou dans l'allée. Le caillou monte en flèche et passe par-dessus la maison.

— Fais attention, lui conseille Mario. Tu pourrais casser une fenêtre.

— Et puis après? grogne Christophe. Ma vie est ruinée!

— Pas du tout, Christophe! Tu vas redevenir toi-même, s'écrie Xavier en s'élançant vers la maison. Je reviens tout de suite.

— Où vas-tu, Xavier? lui lance Christophe, tout triste.

— En préparer d'autre! Ça va me prendre juste une minute. J'ai tous les ingrédients.

Christophe reprend espoir.

— Tu es sûr?

— Pas de problème! rétorque Xavier en brandissant un pouce vainqueur. Je devrais retrouver tous les ingrédients que j'ai utilisés. Ça ne sera pas long.

Et il disparaît dans la maison.

— Je vais avec toi! lance Mario.

Puis, se tournant vers Christophe, elle lui explique:

— Je vais nettoyer un peu le labo pendant que Xavier prépare son mélange. Si sa mère arrive et voit le sous-sol, tu risques d'avoir de gros ennuis.

Christophe éclate de rire.

— De «gros» ennuis! Très drôle, Marie-Odile. Tu es désopilante!

— Ne m'appelle pas Marie-Odile, rétorque-t-elle sans faire attention à son sarcasme.

Christophe la regarde disparaître à son tour dans la maison.

Fatigué de renifler la bouteille bleue, Farouche traverse pesamment la cour et va inspecter la clôture que Christophe a démolie plus tôt.

Christophe le regarde en soupirant. «Je me demande si mon chien va me reconnaître, maintenant.»

César, son épagneul, a été le premier à ingurgiter du sang de monstre. Il était devenu plus gros qu'un cheval.

«Je me demande si César a fait des cauchemars, après ça», pense Christophe. Quant à lui, il sait pertinemment qu'avec la journée qu'il vient de vivre les cauchemars vont hanter ses nuits pendant longtemps.

Il regarde sa montre. La mère de Xavier va sûrement apparaître dans l'allée d'une minute à l'autre.

— Dis donc! Elle va avoir toute une surprise en me voyant! se dit-il à haute voix.

Il tourne la tête vers la maison juste au moment où Xavier en sort, tenant une nouvelle bouteille de liquide bleu.

— Tu vois? Pas de problème! déclare le petit génie.

Christophe prend prudemment la bouteille. Mario le suit des yeux.

— Vas-y! Mets-en sur tout ton corps. Vite! dit-elle.

Christophe verse délicatement une petite quantité de liquide bleu dans sa paume, puis il se frotte les joues, le menton, le cou.

Il en verse de nouveau, puis se frotte les bras. Il retrousse son t-shirt et s'en enduit la poitrine.

«Pourvu que ça marche», prie-t-il intérieurement. Puis il se tourne vers Mario et Xavier, et leur demande:

— Et alors? Vous voyez un changement?

25

Mario reste bouche bée. Quant à Xavier, il a les yeux écarquillés et il émet une sorte de gloussement.

— Eh bien? s'impatiente Christophe. Voyez-vous un changement?

— Euh... bien... bredouille Xavier.

— Tu es devenu bleu! s'écrie Mario.

— Pardon? demande Christophe, sûr d'avoir mal entendu.

— Tu as la peau... bleu vif! gémit Mario en pressant ses mains contre ses joues.

— Ma peau... quoi? hurle Christophe. Tu veux dire que...

Soudain, il est interrompu par un énorme hoquet qui secoue tout son corps. Il regarde ses mains d'un air ahuri.

— Elles... sont bleues! s'écrie-t-il.

Puis un autre hoquet sonore sort de sa bouche. Tout son énorme corps se met à vibrer comme s'il était frappé d'un tremblement de terre.

Avec des gestes fébriles il relève son t-shirt et regarde anxieusement son abdomen... bleu.

Ses bras, sa poitrine : tout est bleu. D'un bleu éclatant.

Il a encore un hoquet.

— Je n'en reviens pas ! hurle-t-il. Je suis tout bleu... et... hic !... et j'ai le hoquet !

Il jette un regard furieux à Xavier. Celui-ci est tellement effrayé que ses jambes tremblent et que ses genoux s'entrechoquent.

— Je... je peux arranger ça, lance-t-il. Je... j'ai dû me tromper d'ingrédients. Je reviens tout de suite avec un nouveau mélange.

Il court vers la maison et, rendu à la porte grillagée, il se tourne et dit à Christophe :

— Surtout, ne bouge pas.

Christophe pousse un grognement de fureur, interrompu par un hoquet tonitruant.

— Où veux-tu que j'aille ? s'époumone-t-il. Où veux-tu... hic !... que j'aille ?

La porte se referme en claquant derrière Xavier.

Christophe, rageur, serre ses poings bleus et brandit ses bras bleus en arpentant l'allée. Toutes les quelques secondes, un hoquet lui échappe.

— Calme-toi un peu, Christophe, lui recommande Mario. Les gens vont t'entendre.

— Je... je... hic !... ne peux pas me calmer ! Regarde-moi !

— Mais les voisins vont t'entendre, ou te voir, lui dit Mario. Ils vont appeler la police.

Christophe répond par un énorme hoquet qui le jette presque par terre.

Xavier revient au pas de course en brandissant une autre bouteille de liquide bleu.

— Tiens! Essaie ça.

— Hic! fait Christophe en saisissant la bouteille dans sa main bleue.

Sans rien ajouter de plus, il tourne la bouteille à l'envers. Avec des mouvements saccadés et nerveux il s'asperge de liquide bleu. Il s'en met sur les joues, le front, les mains et les bras. Et sur la poitrine.

Il roule son jean et se badigeonne les jambes et les genoux. Il retire ses chaussures et ses bas, et étend le liquide sur ses chevilles et ses pieds.

— Il faut que ça marche! crie-t-il. Cette fois, il faut que ça marche!

Mario et Xavier l'observent nerveusement.

Ils attendent.

Christophe attend aussi.

Rien. Aucun changement.

Puis, tout à coup, Christophe sent quelque chose.

— Hé! Je sens des fourmillements! annonce-t-il joyeusement.

Il éprouve les mêmes picotements qu'il sentait, la première fois, quand il s'apprêtait à grandir.

— Oui! s'exclame-t-il. OUI!

Les picotements redoublent, deviennent plus forts et se répandent dans tout son corps.

— Ça marche! Je le sens. Hic! Ça marche vraiment! J'ai des fourmillements. Des chatouillements. Ça marche!

— Non, ça ne marche pas du tout, murmure tranquillement Mario.

26

— Hein?

Christophe regarde Mario en plissant les yeux.

Les fourmillements se transforment en déman-
geaisons. Il se met à se gratter, mais s'arrête, parce
que sa peau est toute drôle.

— Ça... n'a pas marché, dit tristement Mario
d'une voix tremblante.

— Pouah! Il est affreux! déclare Xavier avec une
grimace.

— Hein?... Hic! fait Christophe pour toute réponse.

La vue de ses bras lui arrache un cri horrifié.

— Des... plumes! bredouille-t-il d'une voix aiguë.

Il examine ses bras, sa poitrine, ses jambes.

— NON!

Un long gémissement rauque sort lentement de sa
gorge.

Tout son corps est couvert de plumes blanches et
duveteuses.

— Non....! Hic!... Non!

— Je regrette, dit Xavier en secouant la tête. Je ne comprends pas ce que je fais de travers. Je pensais avoir réussi, cette fois-ci.

— Tu as l'air d'un gros aigle, lui dit Mario. Sauf que les aigles ne sont pas bleus.

Seul un hoquet sort de la bouche de Christophe.

— Et les aigles n'ont pas le hoquet, ajoute Mario en le regardant d'un air désolé. Pauvre Christophe. Ça doit te piquer affreusement. Ce n'est vraiment pas ta journée !

Christophe gratte frénétiquement sa poitrine emplumée.

— Ça ne peut pas aller plus mal, marmonne-t-il.

À ce moment précis, il voit arriver une voiture de police devant la maison.

27

Christophe, après un gros hoquet sonore, recule dans l'allée et s'accroupit contre le mur arrière de la maison.

— La police! murmure-t-il.

Il a la gorge serrée par la panique. Toutes ses plumes se dressent.

«Qu'est-ce que je devrais faire?» se demande-t-il, plaqué contre le mur, la tête baissée. «Est-ce que je devrais fuir? Ou me livrer?»

— Encore un essai! s'écrie Xavier en fonçant vers la maison. Laisse-moi essayer encore une fois. Je crois que, cette fois, ce sera la bonne!

La porte se referme bruyamment derrière lui.

— Vite! crie Mario, qui se tient dans l'allée. Les policiers! Ils sortent de leur voiture.

— Combien sont-ils? demande tout bas Christophe.

Ses plumes le piquent, mais la peur l'empêche de se gratter.

— Deux, répond Mario en regardant vers la rue,

dans la lumière grise du soir tombant. Ils n'ont pas l'air commodes.

Une brise soudaine vient ébouriffer les plumes de Christophe. Tout son gros corps est secoué.

— Ils remontent l'allée. Ils seront ici dans quelques secondes! le prévient Mario.

— Je ferais mieux de prendre la poudre d'escampette, dit Christophe.

En voulant s'élancer, il trébuche. C'est difficile de courir avec des pieds couverts de plumes raides et piquantes.

Tout son corps le démange. Il s'appuie de nouveau contre le mur de la maison. «Je suis foutu», se dit-il à lui-même.

— Ils se sont arrêtés à la porte avant. Tu as encore quelques secondes, le rassure Mario.

— Vite, Xavier! Vite! supplie Christophe en regardant la porte de la cuisine, mais il n'y a pas de Xavier en vue.

Le génie réussira-t-il sa mixture, cette fois? Et l'apportera-t-il avant que les deux policiers surgissent dans la cour?

La porte grillagée s'ouvre. Xavier arrive en trombe. Il trébuche sur le seuil, laissant presque échapper la bouteille, mais il retrouve son équilibre. Puis il tend la bouteille à Christophe.

— Bonne chance! lui dit-il, les mains jointes.

— Les policiers arrivent, les prévient Mario. Ils accélèrent le pas.

La bouteille tremble dans la main de Christophe. Il verse le liquide dans sa grande paume couverte de plumes.

Avec des gestes frénétiques il en met sur ses plumes, sur sa peau bleue. Il s'asperge tout le corps.

« Faites que ça marche ! prie-t-il mentalement. Faites que ça marche ! »

Il attend.

Xavier le regarde, plein d'espoir, les mains jointes.

— Les voilà ! leur lance Mario de l'allée.

Christophe déglutit.

La mixture n'a pas fonctionné.

Il n'a pas changé. Pas une miette.

Les deux policiers s'approchent. L'un d'eux salue gentiment Mario.

28

Christophe entend un gros ploc.

Il se sent tomber et pousse un cri de stupeur. Il tombe.

D'une main il se retient au mur de la maison.

Ça lui prend une ou deux secondes pour comprendre qu'il n'est pas tombé… Il a seulement rétréci.

Les deux policiers pénètrent dans la cour. L'un d'eux est très grand. L'autre est trapu.

— Excusez-nous, les jeunes, dit le plus grand, mais on a reçu un appel d'un voisin.

— Un appel? À quel sujet? demande Mario.

Elle regarde Christophe et reste surprise. Elle ne s'attendait pas à le voir revenu à la normale.

— Avez-vous vu un géant dans les parages? demande l'autre policier en fronçant les sourcils pour paraître sévère.

— Un géant? Quel genre de géant? demande innocemment Xavier.

— Un garçon géant, répond le policier.

Christophe, Mario et Xavier hochent la tête.

— Il n'est pas venu par ici, leur répond Mario.

— Non, on ne l'a pas vu, renchérit Christophe.

Il ne peut s'empêcher de sourire, car sa voix aussi est redevenue normale.

Le grand policier repousse son képi sur son front et les met en garde.

— Bon. Eh bien, si vous le voyez, faites attention. Il est dangereux.

— Il est très dangereux, ajoute le policier trapu. Appelez-nous tout de suite, d'accord?

— D'accord, répondent en chœur les trois jeunes.

Les policiers jettent un dernier coup d'œil dans la cour, puis retournent à leur voiture.

Sitôt après leur départ, Christophe lance un grand cri de joie. Mario et Xavier se joignent à lui, lui donnent de grandes tapes dans le dos et poussent des hourras.

— Je suis un génie, ou quoi? demande Xavier en accompagnant sa phrase de son sourire fanfaron.

— Ou quoi! se moque Christophe.

Ils sont toujours en train de rire et de célébrer le retour de Christophe à sa taille normale quand la mère de Xavier s'engage dans l'allée. En sortant de la voiture, elle a l'air surprise de les trouver dehors.

— Je suis désolée d'arriver si tard, lance-t-elle en étreignant Xavier. Tu as passé un bon après-midi?

Après avoir jeté un coup d'œil à Christophe, Xavier répond à sa mère :

— Oh! Tranquille.

— Ouais. Plutôt tranquille, répète Mario.

— Tranquille, oui, rajoute Christophe.

Christophe sait que sa mésaventure lui occasion-
nera des cauchemars. Et, la nuit suivante, il en fait
un terrible. Il rêve qu'il est un garçon géant pour-
suivi par des rats géants. Et tous les rats ressemblent à Xavier.

Il se redresse dans le noir, tremblant de tous ses
membres.

— C'était juste un cauchemar, murmure-t-il en
consultant son radio-réveil.

Il s'assoit dans son lit et essuie sur sa manche de
pyjama la sueur qui perle à son front. «J'ai besoin
d'un verre d'eau froide», se dit-il.

Il s'apprête à sortir du lit, mais s'arrête en voyant
à quel point le plancher est loin en dessous.

«Hein? Qu'est-ce qui se passe?»

Il essaie d'allumer sa lampe de chevet, mais elle
est tellement haute qu'il ne peut l'atteindre.

Il se met debout dans son lit. À mesure que ses
yeux s'habituent à la pénombre, il se rend compte
que son lit a l'air de s'étendre à l'infini. Un gros pli
dans les couvertures lui passe par-dessus la tête.

«Je... je suis tout petit! constate-t-il. Je suis aussi
petit qu'une souris!»

Xavier!

Encore un coup de Xavier! Sa mixture bleue ré-
trécissante était trop forte. Christophe a tellement
rétréci qu'il est maintenant de la taille d'une souris.

— Je vais l'écrabouiller! crie-t-il d'une voix fluette.

Debout, au bord de son lit, il regarde le plancher,
très, très loin en bas, quand tout à coup il entend
comme un bruit de tonnerre, puis un gros souffle qui
ressemble à celui d'un vent violent dans les arbres.

Une énorme tête surgit devant lui. Deux yeux noirs le regardent.

— Non! César! Retourne te coucher! supplie Christophe de sa petite voix de souris. Non, César! Couché!

Le garçon sent l'haleine chaude de son chien sur son visage.

— Pouah! Quelle mauvaise haleine!

Puis il sent des crocs pointus autour de sa taille. Il se sent basculer de côté. Et il sent la salive chaude et humide de César mouiller son pyjama, pendant que le chien l'installe solidement dans sa gueule.

— César! Lâche-moi! Dépose-moi par terre! le supplie Christophe.

Il se sent ballotté. Les crocs resserrent leur étreinte.

— César! Dépose-moi par terre! Où est-ce que tu m'emmènes?

Le chien traverse le couloir sombre. Christophe, impuissant, sent l'haleine chaude de César sur son corps.

Ils entrent dans la chambre des parents de Christophe. Le mini-garçon regarde son père et sa mère se préparer à se mettre au lit.

Monsieur Pépin se penche vers le chien.

— Qu'est-ce que tu as là, César? As-tu trouvé un os?

— Papa?… Papa?… s'égosille Christophe. Papa! C'est moi… me vois-tu? Papa… euh… je pense qu'on a un petit problème!

Les jeux Chair de poule

CHAIR DE POULE ◆ JEU D'HORREUR AU CIMETIÈRE

MB.
Milton Bradley

Attention! **TU SERAS** emprisonné dans le cimetière de l'horreur, et pour le traverser, tu devras faire face à plusieurs obstacles. Méfie-toi des momies, des fantômes et des loups-garous. Ta seule chance de sortir vivant de ce cimetière est la destruction du fantôme sans tête. Un très beau jeu, en trois dimensions, qui t'assurera des heures de plaisir même s'il te fait trembler de peur dans le cimetière de l'horreur de **CHAIR DE POULE**.

CHAIR DE POULE ◆ JEU DE CRIS ET D'ARAIGNÉES

PARKER BROTHERS

Le château est sombre... et toutes les silhouettes se ressemblent... Empile les cartes avec tes amis. Tous ensemble, maintenant, retournez une carte. Voyez-vous la momie ou le pantin? Gardez votre sang froid et continuez de retourner. Est-ce le monstre ou le hamster? Hiiiiiiiii!... C'est Curly le squelette! Dépêche-toi de crier **CHAIR DE POULE**! et ramasse une des araignées sinon tu perds un de tes jetons. Lorsque toutes les cartes sont retournées, le gagnant est celui qui possède le plus de jetons. À jouer dans une salle sombre pour se donner la *chair de poule*.

Dans la gamme de jeux **CHAIR DE POULE**,
il existe aussi des casse-tête et des jeux de cartes.

CES JEUX SONT EN VENTE DANS TOUS LES BONS MAGASINS.

ACHEVÉ   D'IMPRIMER
EN   JUIN   1996
SUR   LES   PRESSES   DE
PAYETTE & SIMMS INC.
À SAINT-LAMBERT (Québec)